UNA NOTTE DI PASSIONE

I DUCHI MALANDRINI #3

ERICA RIDLEY

Traduzione di
ERNESTO PAVAN

Copyright © 2019 Erica Ridley

Tutti i diritti riservati.

Titolo originale: *One Night of Passion*

Traduzione dall'inglese di Ernesto Pavan

Questa è un'opera di fantasia. Nomi, personaggi, luoghi ed eventi sono il prodotto dell'immaginazione dell'autrice o sono utilizzati in maniera fantasiosa. Qualunque riferimento a eventi, luoghi o persone (vive o defunte) reali è puramente casuale.

Design libro: © Erica Ridley.

Design di copertina: © The Midnight Muse Designs.

Immagine di copertina: © Period Images.

Tutti i diritti riservati. Tranne per quanto consentito dall'U.S. Copyright Act del 1976, questa pubblicazione non può essere riprodotta, distribuita o trasmessa, in tutto o in parte, in alcuna forma o tramite alcun mezzo, né archiviata in un sistema di conservazione o recupero delle informazioni, senza aver preventivamente ottenuto il permesso scritto dell'autrice.

LIBRI DI ERICA RIDLEY

Amate il romance? Ecco come godere di contenuti esclusivi, giveaway e altre belle cose:
Iscrivetevi a smarturl.it/EricaRidleyItaliano per ricevere omaggi riservati ai membri e altro ancora!

Nell'ordine, i libri che compongono la serie "I Duchi Malandrini" sono:
Una notte di seduzione
Una notte di abbandono
Una notte di passione
Una notte di scandalo
Una notte da ricordare
Una notte di tentazione

Nell'ordine, i libri che compongono la serie "I Duchi di Natale" sono:
C'era una volta un duca
Profumo di duca
Il duca tra le stelle
Mai dire duca

Duchi, in verità
La sposa del duca
L'abbraccio del duca
Il desiderio del duca
All'alba con un duca
Una notte con un duca
Dieci giorni con un duca
Per sempre il vostro duca

**Nell'ordine, i libri che compongono la serie
"Dalle Stalle alle Stelle" sono:**
Il signore della fortuna
Il signore del piacere
Il signore della notte
Il signore della tentazione
Il signore dei segreti
Il signore del vizio

**Nell'ordine, i libri che compongono la serie dei
"Duchi di Guerra" sono:**
Il visconte irresistibile
Il conte proibito
Il capitano irraggiungibile
Il maggiore incantevole
Il generale innamorato
Il pirata ammaliatore
Il duca sbagliato

19 marzo 1817
Almack's Assembly Rooms
Londra, Inghilterra

Thaddeus Middleton, semplice 'signore" e ultimo di una lunghissima dinastia di semplici 'signori', si considerava il più fortunato degli uomini.

"Il primo ballo?" esclamò una debuttante dagli occhi spalancati, stringendo il carnet di ballo vuoto con mani tremanti. "Davvero?"

"Non riesco a immaginare un modo migliore di cominciare la serata," le assicurò Thad, scrivendo il proprio nome con uno svolazzo.

La giovane si strinse il carnet al petto e si allontanò squittendo, quasi di corsa.

Thad sorrise tra sé. Ora che la giovane aveva un nome nel carnet, senza dubbio ne sarebbero arrivati degli altri. Chissà, forse entrambi avrebbero trovato l'amore di una vita, quella sera.

La prima ora era sempre una delle migliori alle Almack's Assembly Rooms. Thad aveva occasione di salutare tutti i suoi vecchi amici, farsene una dozzina di nuovi e cogliere l'antifona della serata. Come tutti gli altri, Thad stava cercando qualcosa di più di una compagna di ballo. Voleva una moglie. Il motivo per cui era tanto fortunato?

Quando si trattava di amore, Thad possedeva l'unica cosa che gli snob, i signorotti e gli arricchiti non possedevano:

Una scelta.

"Middleton!" Un dandy dalle tasche notoriamente vuote gli diede una pacca sulla spalla e abbassò la voce. "Non avrete preso di mira l'ereditiera Wakefield, vero?"

"Solo per una contraddanza," gli assicurò Thad. "È vostra, se la volete."

Il dandy si sistemò il fazzoletto. "Allora vedrò se c'è ancora spazio nel suo carnet."

Thad riportò lo sguardo sull'affollata sala da ballo di fronte a sé. Grandi specchi tra i pilastri dorati lungo le pareti riflettevano il vigore e l'eleganza della *crème de la crème* dell'alta società. Un uomo non avrebbe potuto chiedere migliori possibilità.

Tecnicamente, Thad non aveva ancora una lista di potenziali spose tra cui scegliere. E nemmeno un singolo nome scritto a matita e senza calcare su un foglio intitolato. "… Magari?"

Ma tutto questo stava per cambiare. *Presto.* Doveva solo continuare a cercare.

A suo parere, la morale della maggior parte delle favole era che bisognava essere nel posto giusto al momento giusto e non trascurare nessuno. Non si poteva mai sapere quali fossero il posto giusto e il momento giusto, per cui Thad cercava di essere ovunque.

Quella sera, era nel luogo perfetto dove incontrare la Principessa Azzurra. Per dodici settimane consecutive all'apice della Stagione londinese, quelle sacre pareti ospitavano quello che veniva colloquialmente definito 'il Mercato dei Matrimoni'. Signore e gentiluomini appetibili si radunavano a frotte ogni mercoledì in cerca della Persona Giusta.

"Dite che completerebbe la nostra quadriglia," disse una delle sue intellettuali preferite mentre gli passava accanto. "È faticoso parlare del tempo con tutti i compagni di ballo e voi avete sempre appena finito un libro interessante."

"Anche questa volta," disse solennemente Thad mentre scriveva il suo nome sul carnet della donna. "Parla della storia del clima inglese."

Ridendo, lei gli diede un colpetto col ventaglio. "Trovate un altro libro e vediamoci per il terzo set."

"Ma… la *pioggia*," le gridò dietro lui con falsa innocenza. "Potremmo parlarne per ore!"

Non che Thad ce le avesse, delle ore. Aveva una missione da compiere. Se Almack's era il Mercato dei Matrimoni, Thad aveva una lista della spesa molto specifica: il vero amore. Cos'altro aveva importanza?

Di certo, avrebbe riconosciuto l'amore quando

avrebbe posato gli occhi su di esso. Era impossibile confondere l'amore con qualcos'altro. L'amore era come il canto degli angeli e lo scoppio dei fuochi d'artificio. Era fatto di confessioni intime, baci mozzafiato e cavalcate al tramonto su cavalli bianchi. L'amore significava svegliarsi tutte le mattine accanto a una persona tanto felice di vedere lui quanto lui lo era di vedere lei. Una favola realizzata.

Lo era, o almeno, lo sarebbe stato. Ma prima, Thad doveva trovare la Persona Giusta.

"Middleton!" Un'altra pacca amichevole sulla spalla di Thad. "Prima Colehaven, poi Eastleigh… Ormai è il vostro turno di brillare, eh?"

"Così prego," concordò con fervore Thad.

Colehaven e Eastleigh non erano semplicemente i comproprietari della famosa e vagamente rispettabile taverna del Duca Malandrino; erano anche veri e propri duchi. Ricchi, attraenti e appetibili. Tutte le giovani donne in età da marito di Londra svenivano davanti a loro.

O almeno, lo avevano fatto fino a quella Stagione, quando entrambi i duchi avevano detto il grande sì. Dimostrando che i matrimoni d'amore esistevano! Quantomeno per i duchi attraenti. Ora che i due erano fuori dal mercato, le possibilità di Thad erano aumentate a dismisura.

Passò lo sguardo sulla sala da ballo, sugli altri uomini a caccia. C'erano gaudenti anziani, ma titolati; giovani stolti, ma dalle tasche piene; cacciatori di dote dalle ottime maniere; secondi e terzi figli…

E poi c'era Thad.

Lui non aveva un titolo, ma considerava il non essere incatenato alla Camera dei Lord un vantaggio. Non era spaventosamente ricco, ma la sua rendita avrebbe potuto mantenere nell'agio una famiglia per diverse generazioni. E poi, non voleva sposare una ragazzina talmente vogliosa di aumentare il proprio status al punto da essere disposta a sposare un sacco di patate pur di avere accesso a un titolo o un patrimonio.

Che gli dessero pure del romantico; Thad non voleva accontentarsi di altro che un lieto fine.

"Hai visto la mia futura contessa da qualche parte?" sospirò una voce familiare da dietro le sue spalle.

Thad si voltò per rivolgere un sorriso sghembo a un amico la cui contea poteva a malapena permettersi di mantenere le proprietà non inalienabili… le quali, per puro caso, confinavano con quelle di una giovane donna la cui dote avrebbe accresciuto le terre del conte *e* le sue finanze. Un'ottima soluzione, se solo le parti coinvolte avessero avuto un minimo di interesse l'una nell'altra.

"Buona fortuna," disse sinceramente Thad. A volte, la fortuna era l'unico strumento a disposizione.

La situazione del conte non era certo inusuale. Nella maggior parte dei casi, le qualità della Persona Giusta consistevano in conoscenze all'interno dell'alta società, in alleanze politiche vantaggiose, ricchezza, proprietà e innumerevoli altri elementi di natura pratica. E, nella maggior parte dei casi, Almack's era il luogo perfetto per risolvere quel genere di problemi.

Tutti i volti familiari che passavano nelle vicinanze di Thad appartenevano a buone famiglie; signore altolocate, gentiluomini rispettabili. Da quel punto di vista, non c'era da temere sorprese, perché le madrine sedute sulla piattaforma all'estremità sopraelevata della sala da ballo avevano approvato personalmente la concessione di ogni singolo voucher.

Il Mercato dei Matrimoni era uno strumento molto comodo per mettere in mostra la propria disponibilità e la propria appetibilità alle parti interessate. Invero, Almack's era un'istituzione londinese dal 1765. I genitori di Thad si erano conosciuti proprio tra quelle mura.

"Nella sala da gioco tra mezz'ora," disse un altro amico a Thad mentre gli passava accanto. "Loo a tre carte. Mortram spera di rivincere il phaeton che ha perso ieri sera."

Thad inclinò la testa. Non intendeva giocare d'azzardo. Non intendeva mettere a rischio il poco che aveva da offrire.

Nell'anno del suo debutto, la madre di Thad era stata dignitosamente ambita, e presto aveva avuto la possibilità di scegliere tra un barone spiantato e un semplice 'signore' con una rendita di duemila sterline all'anno. Nessuno dei due sarebbe stato un matrimonio d'amore. La madre di Thad aveva scelto l'uomo con le tasche piene.

Thad non avrebbe biasimato nessuna donna che scegliesse l'uomo danaroso. Contrarre un buon matrimonio era, di fatto, l'unico modo in cui una giovane donna poteva influenzare il proprio futuro. Ma la madre di Thad non aveva mai perdonato il marito per non essere lord e il padre di Thad non aveva mai perdonato la sua bella moglie per non essere rimasta per sempre diciottenne e perfetta.

Nessuno dei due aveva mai prestato molta attenzione al figlio... ma Thad li aveva tenuti d'occhio con attenzione.

Lui non aveva alcuna intenzione di replicare il loro matrimonio. La maggior parte dei matrimoni del *ton* poteva anche essere di natura politica, economica o sociale, ma lui non aveva bisogno di quello. Tutto ciò che aveva sempre voluto era l'amore.

Nonostante il matrimonio infelice dei suoi genitori, Thad credeva ancora nel romanticismo. E aveva conosciuto un lieto fine... beh, vi aveva assistito. Sua cugina Diana si era appena sposata per amore, seguendo l'esempio dei suoi genitori, che erano stati follemente innamorati dalla prima lettura delle pubblicazioni fino alla notte in cui una febbre se li era portati via, un quarto di secolo dopo.

Quello era ciò che bramava Thad. Non semplicemente 'fino a che morte non ci separi', ma 'innamorati da ora fino alla morte e per l'eternità a seguire'. Lo cercava da che aveva memoria.

"Hai assaggiato i rinfreschi?" mormorò un altro suo amico accanto a lui.

Thad scosse la testa. "È sempre la stessa storia: orzata annacquata e pane del giorno prima."

"Della *settimana* prima, a giudicare dal gusto," si

lamentò sospirando il suo amico. "Quando imparerò?"

Era un'ottima osservazione. Non si poteva ripetere lo stesso comportamento e aspettarsi risultati diversi.

Qualche tempo prima, Thad si era reso conto di aver dedicato tutta la sua attenzione allo stesso tipo di donne: quelle estroverse, quelle civettuole, quelle che lo conoscevano da così tanto che lui si ritrovava con tutti i balli impegnati pochi istanti dopo aver messo piede in una sala da ballo. Quel genere di serata era divertente, ma non lo avvicinava al suo obiettivo. Peggio ancora, c'era la possibilità che avesse trascorso l'ultimo decennio a ignorare le donne più interessanti.

Quando se ne era reso conto, Thad aveva immediatamente dichiarato che quello sarebbe stato l'Anno della Tappezzeria.

Dedicando almeno la metà di ciascuna serata a donne con cui non aveva mai ballato prima, Thad aveva conosciuto innumerevoli nuove amiche... e nessuna potenziale sposa. Ma il semplice fatto che, fino a quel momento, non fosse scoccata la scintilla, non significava che lui fosse sulla strada sbagliata. Anzi, la Stagione era appena cominciata e già lui era stato testimone di due matrimoni d'amore. Come diceva il proverbio? 'Non c'è due senza tre.'

Si voltò lentamente, prestando attenzione alle donne ai margini dell'evento. Sebbene i gentiluomini non avessero carnet di ballo, Thad teneva sempre traccia dei suoi impegni. Aveva ancora alcuni balli liberi. E una delle giovani donne presenti quella sera avrebbe potuto essere quella che avrebbe fatto scoccare la scintilla che lui cercava.

Ecco.

Un brivido di entusiasmo e pregustazione lo attraversò. Riccioli castano scuro, splendidi occhi marroni, labbra di un rosa crepuscolare, un'ammaliante combinazione di pelle morbida e curve procaci avvolte in un abito da sera diafano, color rosa e crema.

Thad conosceva il nome di quella donna: era la signorina Priscilla Weatherby. Erano stati formalmente presentati all'epoca del debutto di lei, quattro o cinque anni prima, ma da allora non si erano più parlati.

Sebbene fosse un volto ragionevolmente familiare ai raduni dell'alta società, era raro che la signorina Weatherby ballasse più di una quadriglia o due e tendeva a essere piuttosto schiva. Per questo motivo, il suo nome non era mai stato affiancato a pettegolezzi... né discusso in generale. Era quasi un elemento dello sfondo, come le colonne dorate e i doni scarlatti che dividevano la sala da ballo.

Ma non quel giorno. Thad raddrizzò le spalle con determinazione. Dopo essere stata sullo scaffale per cinque anni, la signorina Weatherby si era probabilmente stancata di essere trascurata da signorotti di scarsa immaginazione. Se non aveva mai ballato un valzer, beh, Thad avrebbe avuto l'onore di essere il primo a chiederlo.

Si incamminò nella direzione della donna con sicurezza e allegria. Anche se non fosse scoccata alcuna scintilla, almeno ne avrebbero ricavato un ballo e qualche risata. C'era la possibilità che quello con la signorina Weatherby sarebbe stato il ballo più memorabile della serata.

Quando raggiunse il pilastro la cui ombra nascondeva parzialmente la giovane alla vista, Thad le rivolse un inchino magnifico. "Come va questa sera, signorina Weatherby? Posso osare sperare che rimanga un posto sul vostro carnet di ballo?"

La donna lo guardò con un'espressione indecifrabile. "Perché?"

Thad rimase di stucco. "Ehm, perché questa è una sala da ballo. Dove si balla. Il cibo è una vergogna, questo è vero, ma l'orchestra è splendida. Sfortunatamente, non si può ballare la quadriglia da soli, per cui mi chiedevo–"

"Lo so che cos'è il ballo," lo interruppe lei, lo sguardo degli occhi scuri fisso nel suo con un misto di divertimento e calore. "Ma perché voi volete ballare con *me?*"

Thad si avvicinò con interesse. Ora che la conversazione aveva preso una piega tanto imprevista, lui non era sicuro di voler sprecare un set di trenta minuti coi passi di una quadriglia. *Conversare* con la signorina Weatherby avrebbe potuto essere molto più interessante.

"Non è necessario ballare," disse subito, rivolgendole un sorriso pieno. "Se preferite, sarò felice di passeggiare con voi."

Era inutile nascondere quanto fosse rimasto affascinato. Thad non credeva nei giochi. Parte dell'essere nel posto giusto al momento giusto consisteva nel non rovinare il momento fingendo indifferenza.

La giovane inclinò la testa. "Ho fatto qualcosa per farvi credere che mi interessi deambulare per una sala da ballo a braccetto con voi?"

"Ehm," esclamò Thad. "A dire il vero…"

"Oppure siete venuto qui perché avete pensato che stessi facendo tappezzeria e, di conseguenza, avessi un disperato bisogno dell'attenzione di un gentiluomo dal fascino incredibile, le maniere cortesi e un sorriso contagioso?"

'Fascino incredibile' e 'maniere cortesi' suonavano come due grandi complimenti.

Thad aveva il sospetto che non lo fossero.

"Ehm," ripeté Thad. "Solo uno stolto crederebbe che tutta la tappezzeria–"

"Solo uno stolto," lo interruppe lei, "darebbe per scontato che una donna che non balla abbia il cuore spezzato dall'assenza di corteggiatori. Può darsi che la donna in questione abbia ricevuto numerose offerte e abbia detto semplicemente di no. Proprio come in questo caso."

La signorina Weatherby si allontanò dal pilastro ed emerse alla luce, il mento sollevato e le labbra piene improvvisamente vicine a quelli di Thad. "*No.*"

In un battito di ciglia, la giovane si voltò e se ne andò.

Thad la fissò, folgorato. Più che una scintilla, il loro incontro era stato una martellata, ma una cosa era certa:

Solo uno stolto avrebbe ignorato una donna come la signorina Weatherby.

CAPITOLO 2

*T*iè. Un sorriso soddisfatto minacciò di far curvare le labbra della signorina Priscilla Weatherby.

Normalmente, si attribuiva cinque punti per aver respinto un elegantone qualsiasi, ma nel caso del signor Middleton, era stata colta alla sprovvista... e il sorriso di quell'uomo *era* contagioso come il peccato.

Punteggio doppio, dunque. Priscilla dubitava che fossero molte le donne in grado di guardare in quei profondi occhi color cioccolato fondente e allontanarsi senza tremare. Persino le sue ginocchia, normalmente robuste, si erano indebolite in maniera imbarazzante.

Punteggio *triplo*, decise. C'era voluta forza di volontà.

Ma il suo cuore era salvo.

Come per la maggior parte dei gentiluomini presenti nella sala da ballo, il signor Thaddeus Middleton aveva una certa reputazione.

A differenza di quelle di molti dei suoi pari, la

reputazione dell'uomo era quella di una persona calorosa, allegra, divertente, compassionevole, dolce, fedele e sempre *buona*.

Un pericolo da evitare a tutti i costi.

Priscilla doveva concentrarsi sul suo obiettivo. Ancora due Stagioni di tappezzeria e avrebbe ereditato diecimila sterline pulite. Il denaro era già stato assegnato a uno scopo.

Badando a evitare di incrociare lo sguardo di gentiluomini non sposati, Priscilla si fece strada lungo il margine della sala da ballo fino alla zona più distante dall'orchestra. Doveva essere presente, ma non troppo. Dopo cinque anni privi di avvenimenti significativi, aveva creduto di aver padroneggiato quel gioco.

Quell'arena in particolare era un campo da gioco piuttosto facile. Tutti venivano da Almack's per vedere ed essere visti. Semplicemente, la ragione di Priscilla era diversa da quelle di molti.

"Chi è quella?" mormorò a bassa voce qualcuno da qualche parte alle sue spalle.

"La signorina Weatherman?" tirò a indovinare un amico dell'uomo. "La signorina Winterbee?"

"Il nome non ha importanza," disse il primo che aveva parlato. "È ricca?"

Priscilla si infilò con discrezione dietro a una colonna. In situazioni come quella, le ombre erano d'aiuto, ma non bastavano. Spesso, era necessario ricorrere ad altri espedienti.

Si mise a giocherellare non col carnet di ballo vuoto – per non far venire idee ai gentiluomini – ma con un bicchiere intatto di limonata. La presenza di quest'ultimo nelle sue mani rendeva improbabile che lei parlasse, ma soprattutto evitava che qualche gentiluomo bene intenzionato le offrisse di andare a riempirle il bicchiere.

Due punti, decise Priscilla quando i cacciatori di dote si allontanarono senza avvicinarla. Non c'era voluto alcuno sforzo per evitarli; e poi, quei due stolti non avevano fatto bene i compiti. Lei non possedeva ricchezze.

Non ancora.

Fece vorticare la limonata tiepida e guardò la sala da ballo fervente di attività. Era appena cominciato un minuetto e le coppie si affrettarono a prendere posto. Pallidi colori pastello per le debuttanti, sfumature più accese per le donne sposate, finissime giacche a coda per i gentiluomini.

Priscilla preferiva di molto una mano di whist al richiamo della pista da ballo. Ma entrare nella sala da gioco, anche solo come spettatrice, l'avrebbe resa troppo interessante. Era molto più sicuro restare lì, una di tante macchie rosa pastello in una folla grande abbastanza da potercisi mimetizzare. E poi, quelli nella sala da gioco non erano i soli vincitori e perdenti.

Tutti dicevano che il Mercato dei Matrimoni era un gioco. Per divertirsi durante le lunghe serate, Priscilla aveva deciso di prendere quell'affermazione alla lettera.

Chiunque entrasse dalla porta di Almack's aveva con sé un voucher... e cinquanta punti nel gioco segreto di Priscilla. A seconda degli obiettivi individuali, i punti venivano guadagnati o persi nel corso delle serate.

Una persona veniva respinta al tavolo dei rinfreschi? Meno cinque punti. Una debuttante ballava tra le braccia di un lord? Dieci punti. Un libertino rubava un bacio? Venti punti per lui. Meno venti per la ragazza, se si trattava di una debuttante in cerca di un matrimonio vantaggioso. Più trenta se la signora era una vedova in cerca di divertimento. Più cinquanta per entrambi se la donna era una 'conduttrice di scimmie' condannata a una vita di zitellaggio.

Priscilla non vedeva l'ora di diventare una ricca zitella che campava di rendita. Avrebbe potuto baciare tutti i libertini che voleva e andarsene senza guardarsi alle spalle. O non baciarne nessuno! Le ricche zitelle che campavano di rendita avevano cose molto migliori da fare che vedersi protagoniste della scenografia di una sala da ballo.

"Chiedo scusa," disse una nervosa voce maschile.

Priscilla starnutì nella limonata e cercò un inesistente fazzolettino.

"Un attimo solo," belò in tono più nasale possibile. "Non è contagioso. Non preoccupatevi per il vostro fazzoletto. Volevate vedere il mio carnet?"

No. Il gentiluomo fuggì come se avesse il fuoco del Vesuvio alle calcagna.

Sì, le spettavano decisamente dieci punti. Stava diventando molto più brava a simulare gli starnuti.

Per conquistare la sua eredità, Priscilla aveva bisogno di evitare tutti potenziali corteggiatori e, al tempo stesso, di rimanere in maniera inequivocabile sul mercato. Non poteva semplicemente chiudersi nelle sue stanze per i diciotto mesi a venire e dichiarare poi di essere stata sfortunata in amore.

L'unico modo per vincere era fallire in maniera spettacolare.

Che nessuno dicesse che Priscilla Weatherby non aveva fatto la sua parte per mettersi in mostra sul Mercato dei Matrimoni! Partecipava senza fallo a ogni ballo del mercoledì di Almack's.

Dato che la semplice presenza non costituiva partecipazione, Priscilla non era estranea alla pista da ballo. Ma accettava di ballare solo con uomini che erano palesemente interessati ad altre donne o che non avevano alcun interesse nel sesso femminile… e mai più di due o tre volte a sera.

La sperimentazione aveva rivelato che quello era il numero giusto per fare di lei una Non-Tappezzeria senza renderla al tempo stesso così vistosa da fare di lei un Oggetto di Attenzioni.

Nel corso di tutte le altre serate delle sue scialbe Stagioni, il Gioco era stato più che sufficiente a distrarla mentre aspettava la libertà che sarebbe giunta al compimento del suo venticinquesimo anno.

Ma quella sera, ovunque lei fosse e per quanto violentemente facesse vorticare la limonata, non riusciva a distogliere lo sguardo da Thaddeus Middleton.

Al momento, l'uomo stava ballando con la cugina, la qual cosa era di per sé già parecchio dolce, anche ignorando il fatto che l'uomo aveva accolto la ragazza in casa propria quando Diana era rimasta orfana, cinque anni prima, e che sotto la sua tutela la ragazza era riuscita a conquistare un duca.

Tutte le storie che riguardavano Thaddeus Middleton erano su quei toni. Se c'era una persona in difficoltà, lui era il primo ad aiutarla. Nessuno chaperon barcollante restava indietro, nessun carnet di ballo rimaneva vuoto.

Tanto per non sembrare troppo perfetto, il signor Middleton era noto anche per la sua affiliazione alla taverna del Duca Malandrino, un pub sempre a rischio di perdere ogni rispettabilità per il suo ammettere senza ritegno persone che non erano Abbastanza per il bel mondo.

Duecento punti per Middleton e per tutti gli altri duchi malandrini. Non appena avrebbe ereditato, Priscilla sarebbe partita all'avventura a migliaia di chilometri di distanza da aristocratici e madrine. Non vedeva l'ora che il suo nome diventasse troppo scandaloso perché lei potesse conservare il voucher di Almack's.

Il che significava che Thaddeus Middleton era esattamente il tipo di gentiluomo con cui Priscilla sarebbe stata felicissima di conversare. Se non fosse stato per quelle circostanze inusuali, avrebbe dato il suo assenso a ben più di una semplice passeggiata lungo la sala da ballo al braccio dell'uomo. Il signor Middleton sembrava proprio il genere di persona che aveva il potenziale per diventare un amico meraviglioso.

Il suo sguardo corse a lui per la millesima volta dall'inizio di quel minuetto. Meno cinque punti per ogni occhiata, pensò rimproverandosi. E meno cinquanta per aver lasciato che il pensiero di lui le riempisse la mente.

"Ho tenuto un posto sul mio carnet di ballo per lord Raymore," disse una voce nervosa proveniente da accanto a lei. "Ho fatto una sciocchezza?"

"Signorina Corning," esclamò Priscilla, esalando un sospiro di sollievo. "Grazie al Cielo."

Finalmente qualcosa che occupasse il suo interesse. A parte le ampie spalle e il sorriso seducente di Thaddeus Middleton.

Sebbene facesse tutto ciò che poteva per evitare i gentiluomini appetibili, per quelli *inappetibili* e per le donne di ogni genere valeva la regola opposta. Priscilla era socievole per natura ed era diventata una specie di sensitiva per le debuttanti.

Tutto il tempo trascorso a memorizzare la *Paria di Debrett* allo scopo di sapere chi evitare l'aveva resa un'esperta di parentele ed eredità future. Se una giovane donna voleva ballare con un certo gentiluomo, ma non gli era stata formalmente presentata, Priscilla impiegava pochissimo tempo a trovare uno stratagemma.

"Voi non conoscete il marchese," ricordò alla signorina Corning, "ma vostro fratello è amico del fratello del cugino del marchese e tutti e quattro sono presenti questa sera. Avete ottenuto i balli nell'ordine che vi avevo detto?"

La signorina Corning annuì e le mostrò il carnet.

Priscilla lesse i nomi e sorrise. "Perfetto. Quando ballerete col cugino del marchese, accennate al vostro amore per la caccia alla volpe. Lui possiede una grande tenuta nel Norfolk e ama lo sport."

La signorina Corning la fissò dubbiosa. "Io non so nulla della caccia alla volpe."

"Gli uomini non si aspettano mai che le donne sappiano qualcosa," le assicurò Priscilla, "e anche se voi lo sapeste, non verreste invitata comunque."

La signorina Corning si acciglió. "Allora a che serve?"

"Il vostro compagno di ballo non riuscirà a udire le parole 'caccia alla volpe' senza menzionare suo cugino; a quel punto, voi osserverete con fare innocente che non avete mai conosciuto il marchese. Quindi, suo cugino sarà obbligato a presentarvi. E dato che non esiste raccomandazione più grande dell'essere presentati da un cugino con cui siete a braccetto e che vi ha onorata con un ballo, il marchese si sentirà in obbligo di fare lo stesso."

La signorina Corning si torse le mani. "E poi cosa devo fare? Come posso riuscire a stregarlo?"

"Non ne ho idea," rispose allegramente Priscilla. "Non so cosa si *dica* durante i valzer; ho solo osservato i passi che la gente fa per arrivare fino a quel punto. Non ho alcuna esperienza diretta con la seduzione."

Le guance della signorina Corning si imporporarono. "Io sì."

"In tal caso, ve la caverete benissimo." Priscilla fece vorticare la limonata. "Tutto ciò che io posso fare è farvi arrivare a braccetto col marchese. Il resto dipende da voi."

La signorina Corning la guardò sbalordita.

"Siete la persona più intelligente che io abbia mai conosciuto."

Priscilla avrebbe voluto dire *Devo esserlo*. Un'avventuriera stupida non sarebbe durata un giorno nelle terre selvagge.

Ma il vincolo di riservatezza posto sulla sua eredità le impediva di confessarne l'esistenza.

"Andate," disse invece. "Il minuetto sta per terminare. Avete un marchese da stregare."

"Caccia alla volpe," rispose la signorina Corning, gettandosi nella mischia.

Priscilla non riuscì a non chiedersi come sarebbe stato avere un'avventura romantica, piuttosto che inventare stratagemmi per altre dalle ombre.

Presto, ricordò a se stessa. Nel giro di diciotto mesi, avrebbe attraversato il Serengeti sul dorso di un robusto pony e non avrebbe mai più rimesso piede in una sala da ballo. Avrebbe incontrato un impavido avventuriero col cuore di un guerriero e l'anima di un poeta, e insieme…

Sarebbero durati fino all'alba.

Forse.

Le spalle di Priscilla si curvarono. Se c'era una cosa che la vita le aveva insegnato, era che tutti gli uomini la abbandonavano, prima o poi. Anche quelli che la amavano.

Era quello il motivo per cui aveva giurato che, da quel momento in poi, sarebbe stata sempre lei la prima a lasciare.

Il suo sguardo tornò a posarsi su Thaddeus Middleton.

"Meno cinque punti," borbottò sottovoce, ma

senza distogliere lo sguardo. "Meno dieci, svampita che non sei altro."

"Cos'hai detto?" chiese una voce incuriosita alle sue spalle.

Lady Felicity Sutton!

Priscilla avrebbe potuto abbracciare la sua migliore amica per averla distratta quando ne aveva più bisogno.

"Stavo parlando da sola," la informò. "Origliare non è signorile."

"Tutto quello che faccio non è signorile," le assicurò Felicity. "Non crederesti mai cosa ho fatto al calessino da corsa di mio fratello."

Priscilla si accigliò stupita. "Credevo che avesse smesso di correre, ora che è sposato."

"Bah." Felicity liquidò l'obiezione con un gesto. "Cole ama vincere, non guidare. Può sempre assumere qualcuno che corra per conto suo."

Priscilla inarcò le sopracciglia. "Immagino che il veicolo sia imbattibile, indipendentemente da chi tiene le redini."

"Una scodella di porridge potrebbe condurlo," concordò soddisfatta Felicity. "Sarà il calessino più veloce di Rotten Row."

"Non scommetterei mai con una scodella di porridge," disse solennemente Priscilla, per poi sorridere. "Cosa farebbe Colehaven senza di te?"

"Immagino che lo scopriremo in questa Stagione," disse cupamente Felicity.

Priscilla rimase a bocca aperta. "È giunto il momento?"

Felicity sollevò il mento e annuì seccamente. "È stato divertente fare il maschiaccio senza uno scopo nella vita, ma ora è tempo di affrontare seriamente il Mercato dei Matrimoni."

Priscilla guardò in silenzio la sua amica.

Felicity era la sorella di un duca ed era sempre stata molto chiara riguardo alle sue aspirazioni. Un giorno, avrebbe sposato un lord ricco e titolato. Prima o poi, sarebbe diventata una dignitosa matrona, al comando di una casa o tre. Prima o poi, sarebbe diventata una madrina rispettata quanto tutte le altre di Almack's.

Solo, Priscilla non si era aspettata che 'prima o poi' sarebbe arrivato mentre lei sarebbe stata ancora lì per poter guardare la sua più cara amica allontanarsi da lei.

"Non dubito che troverai l'uomo perfetto," borbottò. "Sei la donna più splendida che io conosca."

Era vero. Felicity aveva già rifiutato mezza dozzina di corteggiatori speranzosi. Se era finalmente pronta a dire di sì, Priscilla era quasi stupita che l'intera sala da ballo non le stesse lanciando anelli e fiori ai piedi. Avrebbe sentito tanto la sua mancanza.

"Non dubito che *tu* troverai l'uomo perfetto," rispose sorridendo Felicity. "Non esiste donna più splendida della signorina Priscilla Weatherby."

Priscilla sbuffò. "Ti rendi conto che sei l'unica a pensarla così?"

"Allora, gli altri sono stupidi," rispose senza esitazione Felicity. "Tu troverai l'unico che non lo è."

Priscilla avrebbe voluto poterle dire che non stava nemmeno giocando a quel gioco. Che non le importava di essere arrivata a ventitré anni senza aver mai avuto un corteggiatore, o nemmeno un bacio rubato da un libertino dalle intenzioni disonorevoli. Che la solitudine non le dava fastidio perché era stata sola per tutta la vita. Che si rifiutava di lasciare che ciò la amareggiasse.

Proprio come non le importava nulla del fatto che il ballo in corso al momento fosse un valzer e che Thaddeus Middleton lo stesse ballando con un'altra. Quello avrebbe *potuto* essere il ballo di Priscilla.

E ora non lo sarebbe mai stato.

"Cosa sai di Thaddeus Middleton?" chiese di getto.

"Middleton?" Felicity sollevò una spalla. "Nessun titolo, nessuna fortuna, nessuna proprietà inalienabile. O proprietà in generale. Per il resto, è solvibile. Un vero gentiluomo. Ammirato da tutti."

Bello, aggiunse mentalmente Priscilla, ma senza osare dirlo ad alta voce.

"A parte quello?" mormorò invece.

Felicity si accigliò. "È tutto qui. Alcuni uomini sono esattamente come sembrano. Cosa ti fa pensare che ci sia dell'altro?"

Priscilla non rispose, perché la risposta sarebbe stata: *È esattamente il genere d'uomo che io vorrei... se volessi un uomo invece dell'avventura.* Meno cento punti. Doveva concentrarsi sul suo obiettivo.

"Middleton sembra amabile," disse Felicity, "ma 'amabile' non fa parte dei miei criteri."

Priscilla levò gli occhi al cielo. "Tu sposeresti un libertino decrepito se avesse le tasche abbastanza piene."

"Ne hai visto uno?" Felicity finse di scrutare con entusiasmo la sala da ballo. "Andrò a vivere con lui questa sera stessa. Ho una licenza di matrimonio in bianco nella borsetta."

Priscilla sbuffò. Non le veniva in mente destino peggiore che diventare la padrona di una casa dove vivere come un uccellino in gabbia per il resto della vita.

Lei aveva intenzione di viaggiare, come avevano fatto suo padre e il padre di lui.

Qualcuno poteva forse biasimarla per il risentimento che era nato in lei quando era stata costretta a rimanere a casa perché era nata donna?

Tuttavia, papà e il nonno le volevano bene. Se non altro, Priscilla era sicura di quello. Perché mai, altrimenti, avrebbero lasciato disposizioni di provvedere a lei nel caso non fosse riuscita a trovare marito?

Priscilla aveva il sospetto che loro *sperassero* che lei fallisse in quella missione. Non si poteva portare in Africa una ragazza che aveva appena concluso gli studi, ma una zitella… Una zitella poteva fare quello che voleva. E quello che voleva Priscilla era raggiungere suo padre e suo nonno.

"Non preoccuparti," le disse Felicity. "Un giorno, verrà il tuo turno."

Un giorno sarebbe *davvero* venuto il turno di Priscilla, ma non di recarsi all'altare.

Era rimasta distrutta quando l'avevano lasciata a casa. Prima suo nonno, poi suo padre. Da piccola, si era tuffata negli studi. Aveva pensato che forse, una volta terminati questi ultimi, sarebbero venuti a prenderla.

Erano venuti, ma non a prenderla. Dopo il debutto di Priscilla, papà le aveva rivelato del fondo fiduciario creato a suo nome e dei termini dell'eredità. Priscilla aveva compreso il messaggio. Per prima cosa, doveva crescere. Quando sarebbe stata abbastanza grande per andare all'avventura, loro non l'avrebbe fermata. L'avrebbero finalmente portata con loro.

E Priscilla avrebbe dimostrato una volta per tutte che le donne erano capaci, impavide e avventurose quanto gli uomini.

CAPITOLO 3

"*Ti prego*," implorò Priscilla mentre saliva in piedi su uno sgabello e tendeva le braccia. "Ti prometto che tornerò prima di cena."

"Prometto che tornerò! Prometto che tornerò!" starnazzò Koffi, agitando indignato le ali.

Senza scendere dal suo trespolo in cima alle tende.

Negli anni che avevano trascorso insieme, Priscilla aveva insegnato al suo pappagallo innumerevoli parole e frasi. *Prometto che tornerò!* era la prima frase che Koffi avesse mai pronunciato. Non l'aveva imparata da Priscilla.

Quando il padre e il nonno di Priscilla la chiudevano nella sua gabbia dorata, ripetevano *Prometto che tornerò* più e più volte a lei e al suo nuovo animale domestico, per assicurare alla prole spaventata che non sarebbe rimasta sola per sempre. *Promettevano* di tornare.

Priscilla e Koffi stavano ancora aspettando.

"Non sono papà," ricordò lei al pappagallo, allungando una mano verso il bastone delle tende.

"Sto solo andando al parco, come faccio ogni venerdì. Torno sempre da te. Ma tu *devi* aspettare nella tua gabbia."

"Gabbia dorata!" starnazzò Koffi, allontanandosi lungo il bastone con le sue zampette grigie. "Gabbia dorata!"

Priscilla condivideva pienamente la sua contrarietà. Spesso, aveva la sensazione che l'opulenta casa di città, con le sue stanzette opprimenti e l'abbondanza di oggetti di antiquariato, altro non fosse che una gabbia dorata anche per lei.

Diversamente da Koffi, a Priscilla era permesso di volare via per brevi periodi di tempo.

La nonna era stata molto chiara: se avesse trovato di nuovo Koffi fuori dalla sua gabbia, avrebbe ordinato alle cameriere di portarlo in cucina per fare di lui la portata principale del pasto successivo.

"Ti darò un dolcetto," lo blandì Priscilla con voce cantilenante. "Lo vuoi un dolcetto, Koffi?"

Il pappagallo la guardò storto con un occhio nero per un lungo istante prima di zampettare rassegnato nella sua direzione. "Tè e dolcetti! Tè e dolcetti!"

Priscilla attese fino all'ultimo istante prima di afferrarlo e di stringerselo al petto. Koffi era un magnifico esemplare di pappagallo grigio africano e non beveva tè... né aveva scelto di trascorrere un decennio dopo l'altro dietro le sbarre, senza mai spalancare le ali.

Lì, al sicuro nelle sue stanze private, Priscilla gli concedeva tutta la libertà che lui voleva... purché lei fosse in casa a proteggerlo.

Quella di servire il volatile a cena non era una minaccia vuota. La nonna aveva odiato il pappagallo sin dal principio. Quando Priscilla aveva dieci anni, era stata sorpresa con Koffi appollaiato su un dito. La nonna aveva ordinato che il pappagallo venisse preparato per pranzo a mo' di piccione.

Quella era stata l'unica occasione in cui le lacrime di Priscilla avevano evitato che accadesse qualcosa di brutto.

"Ora comportati bene," disse a Koffi a mo' di rimprovero mentre lo portava alla sua gabbia.

Rinchiuderlo la faceva soffrire. Gli voleva bene come a un fratello. Per la maggior parte della sua infanzia, il pappagallo era stato l'unica compagnia con cui lei avesse mai potuto giocare o parlare.

Prima di Koffi, non c'era mai stato nessuno.

"Tè e dolcetti!" starnazzò il pappagallo. "Tè e dolcetti!"

Priscilla prese la tabacchiera laccata dal suo solito posto d'onore sullo scaffale, tra i libri di viaggi e la collezione di mappamondi in miniatura.

La tabacchiera era abbastanza piccola da poterla infilare con facilità nella borsetta e conteneva qualche pezzetto di leccornie preso durante le serate a cui Priscilla partecipava. Koffi non poteva accompagnarla, ma lei poteva portargli il meglio a casa.

Nel loro ambiente naturale, i pappagalli grigi africani mangiavano semi e frutta secca, bacche e frutta. Priscilla badava sempre a scegliere dolci e pane che contenessero alcuni di quegli ingredienti.

Koffi era in Inghilterra, ora, ma lei non voleva che dimenticasse le sue origini.

Non appena Priscilla avrebbe avuto la disponibilità della sua eredità, lei e Koffi sarebbero partiti sulla prima nave diretta in Africa. Non avrebbero più dovuto attendere il permesso per avere una vera avventura, finalmente.

"Un dolcetto per il bravo uccellino," disse lei mentre infilava qualche pezzetto di dolce tra le sbarre.

Koffi spostò col becco tutte le briciole al centro della gabbia e si posizionò in modo tale da mostrarle le piume della coda, quasi a proteggere i suoi tesori dai pirati.

Priscilla non si era mai ripresa una leccornia, né aveva mai infranto una promessa. La sfiducia era qualcosa che Koffi aveva imparato durante il viaggio dall'Africa fino all'Inghilterra.

Mentre il pappagallo era occupato col suo dolce, Priscilla si mise a raccogliere le piume che erano cadute sulle superfici visibili del suo salotto. Le domestiche sapevano delle libertà proibite che lei concedeva a Koffi, ma il vero pericolo era la nonna.

Sebbene sua nonna si avventurasse raramente oltre il salotto da ricevimento principale o le proprie stanze private, Priscilla non voleva rischiare di tornare a casa e trovare una camera da letto silenziosa e una gabbia vuota. Koffi era l'unico membro della sua famiglia che si comportava come tale.

"Non è giusto," borbottò sottovoce Priscilla.

"Lui è qui perché papà e il nonno ti vogliono bene."

I due uomini stavano esplorando l'Africa quando avevano saputo della tragedia. Non erano riusciti a tornare a casa in tempo per il funerale di sua madre, ma le avevano portato un uccello per farle compagnia e le avevano assicurato che lei avrebbe potuto unirsi a loro non appena fosse diventata adulta.

Forse, una visita frettolosa nel momento più buio non era la manifestazione di amore paterno che lei aveva tanto desiderato, ma se non altro le aveva rivelato che suo padre e suo nonno pensavano a lei mentre erano in viaggio. Quando sarebbe stata grande abbastanza, non avrebbero dovuto lasciarla a casa.

Persino a nove anni, Priscilla si era resa conto che suo padre e suo nonno erano uomini molto impegnati. L'avventura non era qualcosa che si potesse fare in una casa londinese. Viaggiare fino in Cina, in India o in Africa richiedeva mesi e mesi in nave, e naturalmente non esisteva servizio postale in alto mare.

E chi poteva biasimare degli avventurieri nati, troppo impegnati a esplorare nuove frontiere per perdere tempo chini su una scrivania quando potevano cavalcare elefanti, cammelli o cavalli selvatici?

Priscilla aveva letto tutti i diari di viaggio su cui era riuscita a mettere le mani. Anche se intraviste per interposta persona attraverso l'inchiostro su una pagina, quelle meraviglie erano più che abbacinanti.

Quando suo padre sarebbe tornato a prenderla, lei sarebbe stata la compagna di viaggio preparata ed entusiasta che qualunque avventuriero avrebbe voluto avere. Sarebbe stato *impossibile* lasciare a casa una degna accompagnatrice come lei.

"Non temere," disse a Koffi prima di uscire dalla loro stanza. "Verrai anche tu."

Sebbene fosse possibile uscire dalla casa senza passare per il salotto di ricevimento principale, Priscilla non lo aveva mai fatto. La nonna trascorreva tutte le ore di luce chiusa nel salotto e Priscilla non si sarebbe mai sognata di uscire nemmeno per un istante senza salutare.

Il salotto formale era la stanza più grande della casa. Le sue finestre alte e ampie erano perennemente coperte e oscurate. Il tappeto di Axminster sul pavimento era stato calpestato di rado. Ogni singola superficie era congelata nel tempo, proprio come gli oggetti di antiquariato che la ricoprivano.

Nonostante la collezione di sobri mobili vecchi potesse ospitare più di una dozzina di ospiti, l'unica poltrona che venisse mai utilizzata era quella della nonna di Priscilla.

Come al solito, le mani pallide della nonna erano giunte in un grembo altrimenti vuoto. Un focherello scoppiettava nel caminetto, ma era indegno dell'attenzione dell'anziana. Gli occhi azzurro ghiaccio della nonna guardavano torvamente un ritratto sbiadito appeso alla parete, che era stato realizzato il mattino dopo il suo matrimonio.

Al nonno piaceva scherzare dicendo che la

posa per il ritratto era stata il periodo più lungo da lui trascorso nello stesso posto.

Priscilla non credeva che quella fosse una battuta.

"Vado al parco," mormorò. "Mi farò accompagnare da due cameriere."

Non chiese se sua nonna volesse unirsi a lei. Conoscevano entrambe la risposta.

Malgrado fosse in teoria lo sponsor di Priscilla, la nonna non usciva di casa da anni. A Priscilla ciò non dispiaceva: era abituata ad avere la servitù come unica compagnia umana.

Se anche gli standard molto esigenti della padrona di casa facevano sì che ci fosse un forte ricambio all'interno dello staff, Priscilla avrebbe continuato a sopportarlo. Cameriere nuove significavano conoscenze nuove. E poi, quando sarebbe diventata un'avventuriera, non sarebbe mai rimasta nello stesso posto abbastanza a lungo da affezionarsi. Sperare di fare amicizia con cameriere e lacchè era sciocco.

Lo sguardo azzurro ghiaccio della nonna si spostò dal ritratto a Priscilla. "Trova un marito, questa volta."

Era l'unico argomento di cui parlavano lei e la nonna e, francamente, Priscilla non comprendeva la posizione dell'anziana in materia. Il matrimonio non aveva portato altro che tristezza alla nonna. Il matrimonio non aveva portato altro che tristezza alla madre di Priscilla. Perché mai lei avrebbe dovuto volere la stessa cosa per sé?

"Vedremo cosa succederà," fu tutto ciò che Priscilla disse ad alta voce.

Non ci sarebbe mai stato un marito. Presto, non ci sarebbe stata nemmeno Priscilla. Tutti i giorni, lei si preoccupava pensando a quanto sarebbe peggiorato quel salotto stantio e privo di vita quando non ci sarebbe stato più nessuno a interrompere le giornate infinite e sempre uguali a se stesse di sua nonna.

Senza altro che il vuoto di fronte a sé ad attenderla, perché la nonna era così decisa a condannare sua nipote allo stesso destino?

"Trova un marito," ripeté la nonna. "Fallo quando sei ancora abbastanza giovane da convincere un uomo a chiedere la tua mano."

"Ci saranno molti gentiluomini appetibili al parco," le assicurò Priscilla. "Chissà, forse oggi mi innamorerò."

"Sono gli stolti a innamorarsi," scattò la nonna. "Tu non hai bisogno di rose. Hai bisogno di un marito. L'avventura non è fatta per le donne."

"L'avventura è fatta per gli avventurieri," disse Priscilla. "Non molto tempo fa, Jeanne Baré è stata la prima donna a circumnavigare il mondo. E che dire di lady Stanhobe? È una famosa esperta di archeologia. Ha visitato Israele, la Turchia, l'Egitto–"

"Donne che si vestono da uomo," disse disgustata alla nonna. "Non troverai mai marito, così."

Priscilla non disse *Non lo sto cercando*. Lei e la nonna erano entrambe stanche di quella vecchia discussione. Era più facile stare al gioco mentre attendeva l'eredità.

La nonna, forse, non sarebbe stata felice quando Priscilla avrebbe preferito l'avventura al matrimonio, ma non sarebbe rimasta sorpresa.

"Sei abbastanza al caldo?" chiese Priscilla mentre attraversava il salotto per riattizzare il fuoco.

Era una splendida giornata di primavera – non che la luce osasse entrare nel salotto attraverso gli strati di pesanti tendaggi – ma per quanto caldo facesse all'esterno, in casa regnava sempre il gelo.

"Trova un uomo legato alla città," disse all'improvviso la nonna.

Priscilla smosse i carboni con l'attizzatoio. C'erano diversi motivi dietro al consiglio di sua nonna. Un gentiluomo legato alla città era probabilmente rispettabile. Un uomo legato alla città non se la sarebbe lasciata alle spalle.

Peccato che il consiglio fosse terribile.

Il nonno aveva numerosi legami con la città, a partire dalla bella e giovane ereditiera immortalata con gli occhi spalancati e un sorriso sulle labbra nel ritratto sopra al caminetto.

Anche papà aveva dei legami: sua madre, sua moglie, sua figlia. I legami non significavano nulla. Il matrimonio non significava nulla. Priscilla aveva smesso di credere nelle favole molto tempo prima.

Le uniche storie a lieto fine erano quelle che una persona si creava da sola.

"Tornerò fra qualche ora." Priscilla rimise a posto l'attizzatoio, quindi andò a inginocchiarsi di fronte a sua nonna. "Che io mi sposi o che diventi un'archeologa, non mi dimenticherò di te e non ti abbandonerò. Ti scriverò tutte le settimane, per cui saprai che ti penso sempre, ovunque io sia."

"Bah," disse la nonna. "Non scrivermi. Trova

marito. Io conosco il mio posto e dovresti farlo anche tu."

"Ti voglio bene," disse Priscilla mentre si alzava in piedi. "Tornerò presto."

"Bah," ripeté la nonna.

La conversazione andava sempre così, ma Priscilla non si stancava mai di ripetersi.

La nonna non le aveva mai lasciato intendere di volerle bene – *nessuno* aveva mai dichiarato di voler bene a Priscilla – ma lei non voleva che sua nonna dubitasse mai che almeno una persona al mondo la portava nel suo cuore.

Priscilla fece chiamare le sue due cameriere preferite e cercò di non sentirsi troppo delusa quando scoprì che una di loro era stata sostituita da una sconosciuta.

Non faceva ancora abbastanza caldo per il barroccio, nemmeno con un mattone riscaldato, ma il tettuccio pieghevole del veicolo consentiva di vedere ed essere visti senza doversi fermare ogni pochi metri per permettere agli altri di sbirciare all'interno.

Essere vista era una componente fondamentale del rispetto dei requisiti della sua eredità. Priscilla aveva imparato a memoria i termini mentre ogni singola, splendida parola lasciava le labbra di suo padre.

Se fosse rimasta nubile fino all'età di venticinque anni, avrebbe ricevuto la somma di diecimila sterline: quanto bastava per poter vivere di rendita.

Ma per guadagnare quell'eredità, doveva prendere attivamente parte al Mercato dei Matrimoni a ogni Stagione. Non le era permesso andare in convento per ammazzare il tempo. Doveva apparire in pubblico almeno tre volte a settimana. Allo stesso modo, il suo nome non poteva rimanere coinvolto in uno scandalo. Le era proibito rendersi inappetibile prendendo un amante o provocando imbarazzo.

Né poteva parlare dell'eredità con chicchessia, per evitare che si accordasse con un pretendente per un fidanzamento segreto. La qual cosa non avrebbe avuto senso, considerato che il denaro sarebbe in quel caso passato al marito, che avrebbe potuto proibirle di uscire per strada, figurarsi di esplorare terre straniere.

Il sistema più semplice era mescolarsi alla folla, rimanere familiare ma dimenticabile, sempre sul limitare.

Poiché il *ton* si faceva sempre vedere in giro per Hyde Park tutti i pomeriggi in cui il tempo era bello, unirsi alla carovana dei benestanti era un modo semplice e piacevole per fare una comparsata senza dover schivare valzer o proteggersi da seduzioni.

Era inoltre un ottimo punto di osservazione dal quale giocare al suo gioco, aggiungendo e sottraendo punti per cuori conquistati e speranze annientate mentre innumerevoli drammi si svolgevano di fronte a lei.

"Signorina Weatherby!" Una debuttante dai boccoli biondi rischiò di cadere dalla carrozza nell'ansia di mormorare a Priscilla: "Avevate ragione! Mi ha presentata al marchese! E lui ha promesso di ballare con me al prossimo ballo!"

"Congratulazioni, signorina Corning."

Priscilla fece mentalmente il conto dei punti: cinque a se stessa, per aver portato a compimento un piano di successo; venti alla ragazza per averlo messo in atto, meno dieci per aver discusso della cosa di fronte a centinaia di persone.

Tutti facevano parte dell'elegante flusso di carrozze, anche coloro che non potevano procurarsi voucher per Almack's. Le madrine potevano tenere lontani dal loro luogo di ritrovo gli arricchiti e le persone dalle cattive maniere, ma Hyde Park era aperto a tutti.

"Signorina Weatherby!" squittì un'altra giovane donna che Priscilla aveva aiutato in precedenza nel corso della Stagione, quando le loro carrozze si incrociarono. "Se verrete alla mia chiesa, domenica, sentirete un nome familiare nelle pubblicazioni!"

"Congratulazioni," disse nuovamente Priscilla.

Cinque punti per lei, cinquanta per la giovane donna.

Sebbene non si trattasse di una strada che lei avrebbe scelto, non credeva che fosse giusto che qualcuno potesse indirizzare la vita di un'altra persona. Certe donne aspiravano a essere statuine perfette intrappolate in un matrimonio a base di perle e fazzoletti da collo.

Priscilla non provava rancore nei confronti di costoro per i loro piani diabolici e le loro alleanze. Pensava al suo periodo a Londra come al preludio a una vita da esploratrice. Non condivideva gli obiettivi o la cultura di quelle donne, proprio come sarebbe stata fuori posto in Africa o in India.

Ma nell'ultimo caso, avrebbe fatto tutto parte dell'avventura.

"Signorina Weatherby!" Una giovane che Priscilla aveva aiutato durante la Stagione precedente le sorrise, seduta accanto al marito. "Volevo ringraziarvi per–"

Qualunque cosa avesse fatto, Priscilla non voleva saperlo. Più in là, a meno di quaranta metri, Thaddeus Middleton sedeva in groppa a un bel baio. Aveva un aspetto magnifico, coi pantaloni in pelle di daino color biscotto e un'elegante giacca di lana verde oliva. Persino il suo sorriso era appetitoso.

"Meno trenta punti," borbottò tra sé Priscilla mentre la giovane donna e suo marito si allontanavano senza che lei avesse idea di cosa fosse stato detto durante la conversazione.

Come se avesse sentito il fiato di Priscilla sfiorargli la pelle, il signor Middleton sollevò di scatto la testa e si voltò nella sua direzione. Incrociò il suo sguardo; l'uomo era troppo lontano perché lei potesse vedere le pagliuzze dorate nei suoi occhi castano scuro, ma caldo abbastanza da scaldarla dalla testa ai piedi.

"Peste e corna." Priscilla si voltò di scatto e mosse nervosamente una mano all'indirizzo del suo cocchiere. "Avanti! Avanti!"

Ma il cocchiere non riuscì ad andare molto avanti. Centinaia di altre carrozze si muovevano a passo di lumaca lungo la stessa strada sterrata.

Priscilla spinse il mattone riscaldato verso le domestiche e si sventagliò il collo. Era bastato posare lo sguardo sul signor Middleton perché la primavera diventasse estate.

Il suo colorito era dovuto al vento, non al bel cavaliere che non era assolutamente diretto nella sua direzione, mentre il suo barroccio fuggiva un millimetro alla volta dietro a una flotta di cavalieri e carrozze.

Era attratta dal signor Middleton? Certo. Era viva, no? Ma era anche intelligente. Se avesse permesso a quella sciocca attrazione di infittirsi, avrebbe perso molto più che punti immaginari.

L'unica scelta era mantenere le distanze e restargli molto, molto lontana.

"Signorina Weatherby," disse una voce torrida e bassa dall'esterno della carrozza. "Che piacere vedervi."

L'ultima cosa che Priscilla voleva fare era guardarlo di nuovo. La sola vista dell'uomo le mozzava il fiato e le colmava il cuore in tumulto di emozioni pericolose.

"Signor Middleton," riuscì a gracchiare. "Lo stesso vale per me."

Ecco. Era sufficiente? L'uomo se ne sarebbe andato, dopo aver fatto il suo dovere salutando ogni suo conoscente, non importava quanto lei evitasse cocciutamente di guardarlo in faccia?

"Avevo sperato che il bel tempo vi avrebbe indotta a uscire," proseguì Middleton. "Sono rimasto deluso quando non vi ho vista, ieri."

Peste e corna. Il cuore di Priscilla le batteva all'impazzata nelle orecchie. Nessuno aveva mai *sperato* nella sua presenza, in passato, né tantomeno espresso delusione per aver trascorso una giornata senza la sua compagnia. Cosa diavolo avrebbe dovuto rispondere lei?

"Sono…" Non le venne in mente nulla di arguto. "Sono sicura che abbiate altre persone da salutare."

"È il sesto giro del parco che faccio," rispose allegramente l'uomo. "Se voi non foste apparsa presto, i miei poveri amici avrebbero cominciato ad accogliermi con lanci di pomodori."

Ah, d'accordo. Il rossore di Priscilla era decisamente dovuto al signor Middleton e non al vento.

"Che bel cappellino," disse l'uomo, lo sguardo caloroso e sincero. "Il nastro indaco fa sembrare i vostri occhi ancora più luminosi del solito."

Priscilla avrebbe gettato il nastro nel fuoco non appena tornata a casa. La mancanza di fiori e penne di struzzo sul cappellino avrebbe dovuto renderla *meno* visibile, non più. E di certo non… *luminosa* agli occhi di allegri e spensierati gentiluomini del *ton*.

La situazione richiedeva una risposta rapida e secca.

"Mi piace il vostro fazzoletto," borbottò Priscilla.

Cosa?

Le piaceva il suo *fazzoletto?* Geniale.

Meno cento punti. Meno mille. Priscilla faticò a non nascondere il viso tra le mani e a non buttarsi dalla carrozza terribilmente lenta.

Se lo avesse fatto, probabilmente il signor Middleton l'avrebbe presa tra le sue braccia calde e forti, l'avrebbe stretta al suo petto ampio e sodo e–

"Grazie," disse l'uomo, come se gli capitasse spesso di ricevere complimenti sull'unico indumento che tutti gli uomini indossavano, con scarse variazioni per quanto riguardava posizione e colori. "Se state cercando un buon fazzoletto da collo, posso presentarvi un vero e proprio mago in Bond Street."

Stava scherzando, si rese conto sbalordita Priscilla. Il signor Middleton non si sentiva respinto, offeso o annoiato: si stava divertendo. Non a spese di Priscilla, ma *con* lei. Come se fossero amici.

Era proprio il momento di dargli il fatto suo.

"Bond Street," disse invece, scuotendo tristemente la testa. "Io realizzo a mano i miei accessori, un filo alla volta."

"Perché siete una signora," disse solennemente il signor Middleton, "e le signore sono capaci. Tutti i gentiluomini che io abbia mai conosciuto erano inetti come bambini piccoli."

"Non tutti gli uomini lo sono," gli assicurò lei. "Se non ricordo male, ho letto un diario di viaggio nel quale l'intrepido esploratore non era *completamente* inutile."

"Se costui era *l'autore* del diario," mormorò il signor Middleton, "è probabile che mentisse."

Priscilla si portò le mani al petto con aria falsamente scandalizzata. "Un gentiluomo che magnifica le proprie imprese?"

Il signor Middleton annuì vigorosamente. "Capita più spesso di quanto voi pensiate. A dire il vero…" L'uomo si guardò furtivamente alle spalle prima di sporgersi verso di lei. "Io non conosco commercianti di tessuti in Bond Street. Di queste cose si occupa il mio valletto. Speravo solo di rivedervi."

Peste e *corna*.

Priscilla perse la voce. Qualunque altra donna si sarebbe sciolta in quel luogo e in quel momento. A pensarci bene, il suo processo di scioglimento era cominciato venti minuti prima, quando aveva intravisto il signor Middleton da lontano.

Ma certo che voleva rivederlo. Qualunque altra donna sarebbe già stata a metà strada verso il grembo dell'uomo.

Possibilità carnali a parte, il signor Middleton sembrava il genere d'uomo con cui una donna poteva trascorrere splendidamente del tempo, anche senza baciarlo. Il genere d'uomo che sarebbe stato un buon amante *e* un caro amico.

Ma Priscilla non poteva correre rischi. Si era divertita, aveva vissuto il suo primo flirt. Ora, per quanto maleducata le sarebbe toccato essere, doveva scoraggiare una volta per tutte le attenzioni del signor Middleton. Nulla poteva mettere a rischio la sua eredità.

Soprattutto, non il cuore.

Thad rivolse un ampio sorriso alla signorina Weatherby.

Non si era reso conto che la stesse cercando fino a quando non l'aveva intravista e si era dimenticato qualunque cosa avesse voluto dire alla contessa di Fortescue.

La signorina Weatherby era la tappezzeria più strana che lui avesse mai visto. O meglio, ella sembrava comportarsi da tappezzeria solo con *lui* e con una manciata di altri gentiluomini di sua conoscenza.

Non riusciva a non esserne affascinato. La giovane era intelligente e arguta e, ora che si erano lasciati alle spalle il loro disastroso primo incontro da Almack's, forse avrebbero potuto–

"Qualunque cosa stiate pensando," disse lei, ogni traccia di buonumore svanita dal suo sguardo. "No."

Thad rimase di stucco. Evidentemente, la sua accidentale ammissione di aver sperato di rivederla era stata interpretata in maniera poco lusinghiera.

"Vi prego di non pensare che io sia troppo diretto," si affrettò a precisare. "La mia non era nulla di più illecito di un'offerta di amicizia."

"Io non penso a voi." La giovane incrociò le braccia. "E noi due non siamo amici."

"Beh, no," balbettò lui. "Non ancora. Ma pensavo–"

"Non pensate," disse la signorina Weatherby. "Vi risparmio la fatica. Io non voglio essere vostra amica e non voglio che voi mi corteggiate. Mi dispiace di avervi fuorviato."

"Voi non mi avete assolutamente fuorviato," le assicurò lui, confuso dal modo in cui una conversazione leggera era degenerata fino a quel punto.

A parte il Mercato dei Matrimoni, non c'era letteralmente alcun motivo per andare da Almack's. Probabilmente, Thaddeus sarebbe riuscito a mettere insieme un vitto migliore con le briciole cadute in mezzo ai sedili della sua carrozza.

Il che significava che la signorina Weatherby non era contraria al matrimonio. Era contraria a *lui*. Thad aveva cercato di fare il Principe Azzurro e lei lo aveva scambiato invece per un cattivo.

Era qualcosa di completamente nuovo per lui. Per quanto ne sapesse, non aveva mai fatto una così brutta impressione. Non sapeva cosa avesse sbagliato, ma *doveva* porvi rimedio.

"Io non sto cercando di sposarvi," si affrettò a precisare. "Né tantomeno di sedurvi."

Con ogni probabilità, si trattava di un'argomentazione poco convincente. Quando mai un libertino dissoluto aveva confessato in anticipo i propri piani nefasti?

"Lo so," disse la signorina Weatherby, stupendolo. La sua espressione era gentile. "Non è nulla di personale. Voi non avete ciò di cui io ho bisogno."

Quelle parole suonavano decisamente personali.

"Di cosa avete bisogno?" Thad si preparò alla risposta. Un titolo? Un palazzo? Denaro? Un cavaliere dal bianco destriero?

"Addio, signor Middleton," disse invece la giovane, facendo un segno al proprio cocchiere.

Il barroccio riuscì ad avanzare di una decina di centimetri scarsi.

Thad rimase a bocca aperta. La signorina Weatherby non lo aveva precisamente snobbato – in fondo, lo aveva salutato – ma quella che era cominciata come una conversazione deliziosa si era conclusa in maniera davvero bizzarra.

Invece che continuare il suo giro del parco, Thad orientò il suo cavallo lontano dal flusso delle carrozze e verso Jermyn Street. La sua casa non era lussuosa come le grandiose residenze di Mayfair, ma era una casa e lui era sempre felice di trovarvisi.

Negli ultimi tempi, tuttavia, la casa aveva cominciato a sembrargli vuota. Consegnò il suo solito, fidato baio al suo solito, fidato lacchè, salì gli stessi gradini di sempre per essere accolto dallo stesso maggiordomo di sempre, e poi...

Il nulla.

Con l'eccezione dell'occasionale cameriera dal

passo leggero, la casa era immobile e silenziosa. Camminare da solo lungo i corridoi e salire le scale era come visitare un museo della sua vita chiuso al pubblico.

La casa era vuota senza Diana. La cugina di Thad era stata sua protetta per soli cinque anni, ma a lui era piaciuto moltissimo avere una persona sorprendente e volitiva in casa. Non si erano mai annoiati.

Un giorno, la sua casa sarebbe stata accogliente, si ripromise. Se non quella casa di città, un cottage in campagna. Un luogo e una famiglia da dire suoi. Una moglie che sarebbe stata felice di vederlo giorno dopo giorno quanto lui sarebbe stato felice di vedere lei.

Sempre che Thad riuscisse a *conoscerla*, quella donna tanto sfuggente.

Non per la prima volta, non riuscì a trattenersi dal chiedersi se la sua insistenza per un matrimonio d'amore non stesse facendo altro che prolungare la sua solitudine. Era sciocco sognare qualcosa di più?

Thad attraversò la sua camera da letto vuota e uscì sul piccolo balcone in ferro battuto che dava sulla strada. La stretta sporgenza era solo al primo piano ed era a malapena larga per uno sgabello, ma Thad adorava sedere in quella nicchia con una matita e i suoi diari, o con un buon libro in cui perdersi.

In quel periodo, stava leggendo un'affascinante biografia di Edward Gibbon. La corsa frenetica di quella sera da una festa all'altra non sarebbe cominciata che diverse ore dopo, il che significava che quella era l'occasione perfetta per immergersi nel suo libro.

Si sedette sul suo sgabello con le caviglie incrociate e sfogliò le pagine per trovare il pezzetto di carta che aveva usato per tenere il segno.

Quando sua cugina Diana aveva scoperto l'amore di Thad per le biografie, lo aveva incoraggiato a cominciare un diario. Anziché scrivere di se stesso, Thad scriveva di tutti gli altri. Nessuno, tranne Diana, sapeva del suo sogno di diventare lui stesso un biografo.

Un sorriso amareggiato gli sfiorò le labbra. Sarebbe stato ben felice di intervistare una persona in vista come Wellington, o magari i musicisti di Vauxhall, o persino Sake Dean Mohamed, che aveva aperto un caffè indostano in George Street prima di tornare a Brighton. Un giorno, Thad avrebbe scritto storie come le loro.

Fino a quel momento, avrebbe dovuto accontentarsi di libri scritti da altri.

"Signore? Signore? *Signore?*"

Thad sollevò la testa sobbalzando. Era rimasto così coinvolto dal suo libro che non aveva udito il maggiordomo fino a quando il pover'uomo non si era praticamente messo a urlare nelle sue orecchie.

Con riluttanza, Thad mise il segno e chiuse il libro. "Sì, Shaw?"

"Sua Grazia la duchessa di Colehaven è qui, signore."

Sua cugina Diana!

Thad si illuminò e balzò in piedi. "È nel salotto al pianterreno?"

"Certo che non sono nel salotto al pianterreno," disse una voce familiare mentre Diana irrompeva nella stanza. "Vivevo qui una volta, ricordi?"

"Vivevi nelle tue stanze," la rimproverò Thad, lieto di constatare che essere diventata duchessa non aveva cambiato minimamente la sua non convenzionale cugina. "Questo è il mio salotto privato, nel quale tu non sei stata invitata."

"Mmhmm," rispose Diana in un tono conciliatore che lasciava intendere che sarebbe entrata dove voleva. La giovane sollevò il braccio, al quale era appeso un piccolo cesto. "Vieni con me, allora, e guarda cosa ti ho portato."

Nuovi diari, naturalmente. Diana non gli aveva mai regalato altro. Il tempismo era perfetto: Thad ne aveva cominciato uno nuovo proprio quella mattina.

Thad seguì di corsa Diana lungo le scale e fino al salotto principale. "Colehaven è con te?"

Diana scosse la testa. "È al Duca Malandrino a perfezionare una nuova birra."

A giudicare dalla luce negli occhi di sua cugina, Thad sospettava che la birra in questione fosse già perfetta e che Diana fosse stata la prima ad assaggiarla.

"Cosa c'è nel cesto?" Forse non erano diari, dopotutto, ma una bottiglia di quella nuovissima birra.

Invece che rispondere, Diana prese posto su una comoda sedia e inarcò un sopracciglio. "Com'è andata la caccia, oggi?"

Thad levò gli occhi al cielo mentre si accomodava su un divano. "Non chiedermelo. Mai suolo inglese ha visto una sconfitta più imbarazzante da quando gli olandesi arsero le navi della Marina Reale a Chatham."

"Tecnicamente, ciò è avvenuto nel fiume Medway," osservò benevolmente Diana. "La tua rimane la sconfitta peggiore subita su suolo inglese."

"Splendido," mormorò Thad. "E pensare che fino a poco fa piangevo il silenzio di una casa vuota."

"Davvero?" Con palese gioia, Diana si alzò saltellando dalla sedia e gli mise il cesto in grembo. "Apri, apri!"

Thad dubitava fortemente che il cesto contenesse dei nuovi diari. Sollevò il coperchio con trepidazione.

Fu accolto da un lieve miagolare.

Ridendo, sollevò dal cestino un minuscolo gattino bianco e nero. "È quasi esattamente quello che volevo."

"L'avevo immaginato." Il sorriso di Diana era birbante, ma l'affetto nel suo sguardo era sincero. "La troverai, cugino. È là fuori. Lo giuro."

Thad si appoggiò allo schienale del divano e permise al gatto di accoccolarsi sul suo petto. L'animale faceva le fusa a ogni carezza del dito.

"Come la chiamerai?" chiese Diana.

Thad ci pensò su.

"Mercoledì," disse infine. "Così, quel giorno avrà finalmente qualcosa di buono. Almack's è faticoso."

Thad non si era mai fatto illusioni su quale fosse il gradino della scala sociale a cui apparteneva. Aveva denaro sufficiente a vivere dignitosamente, ma non nel lusso. Le arrampicatrici lo ignoravano, ma era comunque abbastanza appetibile e abbastanza popolare da far sì che una sua dimostrazione di interesse potesse aumentare la credibilità di una debuttante agli occhi degli altri scapoli.

Essere usato come trampolino di lancio era forse peggio che essere ignorato. Tutte ballavano con lui, ma spesso al solo scopo di arrivare più in alto.

"Sono felice di non avere ricchezze o un titolo," disse infine. "Voglio una moglie che mi voglia per quello che *sono*."

Diana annuì. Il suo era un matrimonio d'amore. E lo era stato anche quello dei suoi genitori. Lei capiva.

Thad non aveva mai visto una cosa del genere; non l'aveva mai vissuta. Voleva tanto credere, non solo che il 'lieto fine' esistesse davvero, ma che sarebbe potuto succedere a lui.

Ma la freccia di Cupido non aveva ancora colpito.

"Pazienza," disse Diana. "Accadrà quando meno te lo aspetti."

Thad accarezzò il morbido pelo del gatto. "Chi ha pazienza? Se l'amore fosse semplice come infilare la scarpa al piede di Cenerentola, trascinerei or ora un ciabattino sulla porta di tutte le donne della città."

"L'unica cosa che so dell'amore," disse Diana, "e che non è mai semplice. Fino a quando non lo diventa."

"I tuoi consigli sono terribili," la informò Thad. "Smetti di darne."

Diana sollevò una spalla. "In compenso, sono brava coi gatti. Se una non ti basta, ne abbiamo un'altra dozzina."

"Uno va benissimo," si affrettò a dire Thad.

Cosa sarebbe successo se avesse trovato la donna dei suoi sogni, ma lei lo avesse rifiutato perché viveva solo in una casa piena di gatti?

"Non pensarci troppo," lo ammonì Diana.

"Parla la duchessa felicemente sposata." Ma sua cugina aveva ragione. Diana non aveva trovato l'amore: era stato l'amore a trovare lei.

Thad aveva sempre dato per scontato che avrebbe riconosciuto l'amore quando lo avrebbe visto. Ora cominciava a temere che non si sarebbe reso conto della verità nemmeno se ci avesse inciampato sopra.

Forse aveva già perso l'occasione – o magari diverse occasioni – perché aveva atteso i fuochi d'artificio così a lungo da prestare poca attenzione alle piccole scintille.

"Come hai fatto a capire che Colehaven era Quello Giusto?" chiese.

Diana sorrise. "Non lo sopportavo."

Thad sbuffò. "Seguendo la tua logica, dovrei corteggiare Priscilla Weatherby."

"Pris…" Diana lo fissò. "Come si può non andare d'accordo con Priscilla Weatherby?"

"Oh, non saprei." Thad accarezzò la schiena del gattino. "Forse perché mi ha snobbato da Almack's. O forse perché oggi ho cercato di rimediare al parco e lei mi ha informato che non siamo amici e che non saremo mai nulla di più, perché io non ho ciò di cui lei ha bisogno."

Diana spalancò la bocca sconvolta. "Priscilla *Weatherby* ha dato il benservito a *te?*"

"Una sconfitta bruciante," le ricordò Thad. "Te l'avevo detto."

"Ma non sembra per nulla da lei!" balbettò Diana. "Pris è una sognatrice. Vive nella sua immaginazione e aiuta chiunque glielo chieda, e… Dev'esserci sotto qualcosa."

"Non importa," disse Thad. "Lei non è Quella Giusta."

Diana inclinò pensierosa la testa. "Che genere di donna *sarebbe* Quella Giusta?"

"Non saprei," disse lentamente Thad. L'aspetto e il denaro non gli interessavano minimamente. "Potrebbe essere chiunque."

"Come farai a renderti conto di aver trovato la tua Principessa Azzurra se non sei nemmeno in grado di riconoscerla?" chiese Diana.

Thad pestò i piedi per terra. "E se mi perdessi la Principessa Azzurra perché mi sono limitato a cercare donne che amano i gelati al gelsomino e dipingono nature morte di fiori, mentre la Principessa Azzurra è una funambola che si concia il cuoio da sola?"

Diana scosse la testa. "Se tutto ciò che vuoi fosse una ragazza amante dei dolci e degli acquerelli, saresti già sposato. Se ti interessassero le funambole, andresti a Vauxhall tutte le sere. Tu stai cercando qualcosa di diverso e devi capire cosa."

"Forse lo capirò quando lo vedrò," disse speranzoso Thad.

Diana aggrottò la fronte. "Come?"

"Facile," rispose Thad. "Ci saranno arcobaleni, cori di uccelli canterini e un raggio di splendente luce celestiale, e… ehm…"

Diana si coprì il volto con una mano.

"Non temere," le assicurò lui. "Ci penserò quando sarà il momento."

Persino la gattina lo guardò con aria scettica.

CAPITOLO 5

Un tintinnio di bicchieri e allegre grida di 'Middleton!' accolsero Thad mentre attraversava l'ingresso della taverna del Duca Malandrino.

Sorrise ai suoi amici, scambiando qualche parola con ciascuno mentre si dirigeva verso la sua lisa poltrona di cuoio preferita dalla parte opposta della sala. La poltrona aveva conquistato il cuore di Thad non per la sua gran comodità, ma per la sua posizione strategica. Prendere posto sulla poltrona più lontana dall'ingresso significava non trascurare nessuno.

Ma significava anche che arrivare alla suddetta poltrona poteva richiedere più di un'ora, a seconda di chi gli attaccasse bottone lungo la strada.

Quel giorno, quando lui raggiunse il suo posto, un fuoco scoppiettante e un boccale di birra schiumosa lo attendevano.

"È la nuova birra di Colehaven?" chiese mentre si portava il boccale alle labbra.

Tutti scoppiarono a ridere. "Come facevate a saperlo? Ha dato l'annuncio meno di mezz'ora fa!"

"Middleton sa tutto," esclamò qualcun altro. "Conosce le ricette di birre che Colehaven non ha ancora inventato!"

Con un sorriso impenitente, Thad bevve un sorso di birra e sollevò il boccale in un cenno di saluto. "La porter che annuncerà tra dieci mesi è anche meglio!"

Versi benevoli riempirono la taverna, assieme a una nuova pioggia di tintinnii.

Thad adorava andare in quel locale. I boccali familiari, il cibo fortificante, il rombo delle voci coinvolte in una dozzina di discussioni affascinanti. Se proprio il Duca Malandrino aveva un aspetto negativo, era quello che Thad non poteva portare con sé i propri diari per catturare con le parole ogni singolo istante.

I suoi amici lo adoravano, ma non potevano capire la sua passione per raccontare storie di persone reali, ordinarie e straordinarie.

Non che ciò avesse importanza. Lui non si considerava certo una specie di autore, capace di vivere scrivendo biografie. Era solo un passatempo divertente per quei rari momenti in cui non era immerso fino alla gola in qualunque cosa stesse succedendo.

"Niente passeggiate, oggi?" chiese uno dei suoi amici.

"Con questo tempo?" Thad affettò un'espressione inorridita. "Hai visto che effetto fa la pioggia ai miei riccioli perfetti?"

"Direi piuttosto al tuo caos perfetto," disse un

altro. "Sembra che un furetto si sia divertito tra i tuoi capelli."

"Quasi," ammise Thad. "Il colpevole è una gattina di nome Mercoledì. Avrei voluto portarvela, ma temevo che voi farabutti avreste corrotto la sua felina innocenza."

"I gatti sono crudeli cacciatori che uccidono per divertimento," disse facendo spallucce un gentiluomo dagli occhi grandi, di nome Hyatt. "Mercoledì sarà anche piccola e carina, in questo momento, ma un giorno ti sveglierai con una testa di piccione sul cuscino."

"Parla per esperienza," disse un altro. "Il poverino ha ancora gli incubi."

"Mi piacciono le teste di piccione," disse con fermezza Thad. "Preferibilmente attaccate ai piccioni. Suggerirò cordialmente a Mercoledì di non portare in casa pezzi di vittime smembrate, sul cuscino o altrove."

"Mmhmm," disse un altro. "Fallo subito, perché quella strategia smette di funzionare nel momento in cui si prende moglie."

"A proposito," disse un baronetto degli occhi astuti, "quando verrà il lieto giorno? Non ho mai visto nessuno trascorrere un intero decennio da Almack's senza trovare *qualcuna* da portare a casa."

"Cosa stai aspettando?" scherzò un altro. "Speri di trovare una principessa reale?"

"Nulla del genere," assicurò loro Thad. "Sono un uomo semplice, dai gusti semplici. Tutto ciò che richiedo è—"

"La perfezione?" disse il baronetto con aria maliziosa.

"Un'*accoppiata* perfetta," lo corresse Thad. "La qual cosa, fortunatamente, non richiede due persone perfette. Ma devo ammettere che, da questo punto di vista, Almack's mi ha decisamente deluso."

"Cosa potrebbe esserci di più efficiente del Mercato dei Matrimoni?" chiese un altro. "Hai un piano alternativo?"

"Molti," gli assicurò Thad. "Ricerche approfondite sull'arte del lieto fine suggeriscono che dovrei dipingere il mio cavallo di bianco, costruire una biblioteca con una scala o andare in cerca di una strega vendicativa che mi lanci un incantesimo a base di petali di rosa e pessime rime."

"Comincia col cavallo," consigliò un altro. "Una mano di bianco sembra la soluzione più rapida."

"Portalo a Hyde Park un paio di volte," concordò il baronetto. "Se nessuna dovesse lanciarti il fazzoletto, accenna al tuo amore per le scale e alla strega il cui arrivo è imminente. *Qualcosa* scoccherà."

Nel sentir menzionare lo scoccare di qualcosa, Thad non riuscì a non ripensare alla signorina Weatherby. La scintilla c'era. Ma anche la confusione. Le cose erano andate benissimo, all'inizio, e poi, all'improvviso... non più.

Se *non* ci fosse stata una scintilla, gli sarebbe stato molto più facile levarsi dalla testa la signorina Weatherby. Ma lei non era solo *una* scintilla. Era una cornucopia di scintille. Pericolosa e deliziosa.

"Guardatelo in faccia." Dandosi di gomito, gli

amici di Thad si scambiarono occhiate eloquenti. "Almack's non è stato *completamente* inutile."

"O magari conosce una buona strega," mormorò un altro.

"Potrebbe esserci stata una scintilla," ammise Thad. "Ma temo di non aver fatto buona impressione."

"Bruciato da una scintilla?" Il baronetto assunse un'espressione sprezzante. "È inaccettabile."

"Vero," concordò un altro. "Siamo tutti Duchi Malandrini onorari. Hai forse paura di qualche piccola scintilla?"

"Hyatt ha paura dei gattini," osservò Thad.

"Sii forte," disse il baronetto. "Ritenta."

"Ho tentato due volte," ammise Thad.

"Scintille in entrambi i casi?" chiese un altro.

Thad annuì. "Scintille in entrambi i casi."

"Non c'è due senza tre," disse con fermezza il baronetto. "Questa volta, stai molto attento ai segni. Se la scintilla si conclude in un nulla di fatto, vattene. Ma se c'è del fuoco da attizzare..."

"Attizzalo," conclusero gli altri.

"Siete tutti poeti, oggi," osservò Thad. "Ottimo utilizzo di similitudini e metafore. È solo perché voglio incoraggiare questo genere di impegno intellettuale che accetto la sfida. Se lei dovesse schiaffeggiarmi con un guanto, tornerò per sfidarvi a duello tutti quanti."

Un ruggito attraversò la sala mentre i suoi occupanti nominavano contemporaneamente i propri secondi.

"Adorabili," brontolò Thad mentre si alzava in piedi. "Per questo, vi sfiderò anche se la giovane dovesse propormi il matrimonio a prima vista. Da oggi in poi, possa la vostra birra inacidire e tutte le vostre metafore ingarbugliarsi."

Grida di indignazione e contro-maledizioni lo seguirono mentre si recava alla porta.

All'esterno del Duca Malandrino, quella che era cominciata come una giornata uggiosa si era trasformata in un pomeriggio cupo e nebbioso. Esattamente il genere di tempo che incoraggiava pigri dibattiti accanto al fuoco con gli amici ebbri, piuttosto che avventure romantiche in cerca di favole.

Ciononostante, Thad salì a bordo del suo calesse e avviò il cavallo verso il cuore dell'elegante Mayfair.

Lungo la strada, passò accanto a una fioraia che vendeva mazzi di giunchiglie. D'impulso, si fermò a comprare mezza dozzina di fiori. Erano piccoli, ma gradevoli. Il genere di dono che diceva "Pace?" piuttosto che "in catene all'altare." Sperava che avrebbero funzionato.

Gli angoli della sua bocca si sollevarono. Quando Diana gli aveva dato l'indirizzo della signorina Weatherby, la sera prima, Thad non aveva avuto alcuna intenzione di utilizzare quell'informazione. E tuttavia, il suo stupore sarebbe stato senza dubbio eclissato da quello della signorina Weatherby... nonché da quello dei bravi vicini di lei.

Sebbene il calesse a cavallo singolo fosse il mezzo di trasporto più diffuso in tutta l'Inghilterra, nessuno che risiedesse in Grosvenor Square ne avrebbe mai posseduto uno. Si trattava di un veicolo troppo comune, in tutti i sensi della parola.

Il baio di Thad era rispettabile, ma non era un purosangue e non faceva parte di una coppia di animali identici. Lui avrebbe *potuto* permettersi qualcosa di più sgargiante, ma aveva scelto di non farlo.

Non avendo ancora una moglie per cui spendere attenzioni e denaro, Thad aveva messo da parte la metà del suo reddito in un conto speciale. Un giorno, avrebbe condiviso tutto ciò che possedeva con la consorte. Fino ad allora, il gruzzolo accumulato gli avrebbe permesso di viziarla con qualcosa di speciale fin dal principio.

Sfortunatamente, ciò dava l'impressione che la sua disponibilità fosse solo metà di quello che era.

Lo stratagemma non teneva lontano solo le arrampicatrici, si rese conto Thad mentre fermava la carrozza di fronte alla maestosa residenza degli Weatherby. Una persona abituata a un certo livello di agio sarebbe stata comprensibilmente reticente ad abbandonarlo.

Ciò non aveva importanza, ricordò a se stesso. Lui aveva quello che aveva ed era fatto come era fatto. Avrebbe vissuto nel rammarico se non avesse almeno cercato di ricucire i rapporti con la signorina Weatherby, ma se lei avesse rifiutato il suo ramoscello d'olivo, non ci sarebbe stato da parte sua un quarto tentativo di fare amicizia.

Un lacchè uscì di corsa in strada, senza curarsi di celare il suo palese sconvolgimento nel trovarsi di fronte a un visitatore come Thad.

"State cercando gli Weatherby?" chiese perplesso il ragazzo.

A dire il vero, no. Thad era stato talmente concentrato sulla *signorina* Weatherby da aver completamente dimenticato che, senza dubbio, in casa dovevano essere presenti anche altri membri della famiglia.

Forse le giunchiglie erano davvero un po' troppo. Thad non voleva dare l'impressione sbagliata.

Fece per appoggiare i fiori gialli sul sedile della carrozza quando si rese conto che il tempo era cambiato. Nei brevi momenti trascorsi dal suo arrivo, la nebbia si era sollevata quasi del tutto, rivelando un cielo azzurro. Un cielo azzurro e–

"L'arcobaleno," mormorò, fissando incredulo casa Weatherby.

Qualunque scolaretto sapeva che erano la pioggia e il sole a creare gli arcobaleni, ma esso si era materializzato sopra la sua testa proprio nell'istante in cui Thad aveva preso in considerazione l'idea di mettere da parte i fiori e il suo luminoso nastro di colori sembrava terminare proprio sul tetto degli Weatherby.

Cosa aveva detto il baronetto poco prima che Thad si allontanasse? Che doveva prestare attenzione ai segni?

"Signore?" chiese il domestico.

"Sì," disse con fermezza Thad, portandosi le giunchiglie al petto. "Sto cercando gli Weatherby."

Dopo aver affidato il suo cavallo e il suo calesse al lacchè, Thad percorse il curatissimo viale fino all'ingresso della casa.

Lo stupore del maggiordomo di fronte alla presenza di Thad era ancora più grande di quello del lacchè. Il poveretto sembrava rimasto senza parole.

"Sono il signor Middleton. Cerco la signorina Weatherby," spiegò cordialmente Thad, porgendo il biglietto da visita con la mano libera. "Se la signora è in casa."

Il maggiordomo, frastornato, non accennò ad andare a informarsi.

"Non mi interessa se quello alla porta è Guy Fawkes," esclamò una voce tremolante. "Certo che Priscilla riceve ospiti."

Il maggiordomo si calmò visibilmente e si fece da parte per consentire a Thad di entrare. "Per cortesia, seguitemi in salotto."

Thad oltrepassò la soglia e, all'improvviso, si sentì meno sicuro di aver interpretato in maniera corretta quello strano benvenuto.

Nonostante la sua maestosità, la casa degli Weatherby era buia e piena di ombre. Persino l'aria era pesante e stantia, come se la porta d'ingresso non venisse usata da un secolo. Thad deglutì.

Forse la strega era arrivata prima di lui.

Ciascuna delle stanze davanti a cui passarono era un monumento perfettamente conservato all'opulenza dei secoli passati. Reperti di cui Thad aveva solo letto riempivano ogni stanza e affollavano ogni scaffale.

Quando entrò nel salotto dove non batteva il sole, constatò che un piccolo fuoco arancione a un'estremità faceva ben poco per dissipare il senso di irrealtà, come se lui fosse entrato in un castello incantato che né luce né tempo avevano toccato.

Invero, solo quando i suoi occhi si furono abituati all'oscurità si rese conto che una donna minuta, dai capelli striati di grigio e senza alcun sorriso sulle labbra, sedeva inglobata da una delle alte poltrone in stile manierista.

Thad si inchinò immediatamente. "Perdonatemi, signora. Non volevo spaventarvi."

La donna non si era mossa di un millimetro. Era il cuore di Thad quello che batteva all'impazzata.

Quando l'anziana non reagì, lui si affrettò a presentarsi. "Sono il signor Thaddeus Middleton. Sono venuto a trovare–"

"Nessun titolo," lo interruppe la donna, "ma dei fiori."

"Ehm... sì." Thad *sapeva* che avrebbe dovuto lasciare le giunchiglie nel calesse. "Questo riassume la situazione."

"Nonna," disse una voce senza fiato. "Un lacchè ha detto–"

La mano dell'anziana scattò ad afferrare il bordo di una tenda, scostandola.

Un raggio di luce accecante penetrò dall'apertura, illuminando una Priscilla Weatherby senza cappello di una brillante luce celestiale. *Un segno.*

Sconcertato, Thad tese la mano che portava i fiori nella direzione della giovane.

"Sposalo," sbraitò la nonna di lei.

"Non l'ho chiesto," balbettò Thad.

"Non l'ha chiesto," concordò la signorina Weatherby, a testa alta.

"Voglio dire," aggiunse Thad, sollevando i fiori, "potremmo trascorrere un po' di tempo insieme e vedere come andranno le cose."

"Di sicuro non andranno verso l'altare," disse con fermezza la signorina Weatherby, "perché tra noi due non c'è nulla."

"Verissimo," confermò Thad. Il suo braccio cominciava a stancarsi di tenere sollevati i fiori. E anche i fiori si stavano stancando: avevano iniziato a far cadere petali sul tappeto. "Non c'è nulla."

La signora Weatherby strinse gli occhi. "Perché siete qui, se mia nipote non vi interessa?"

Thad raddrizzò le giunchiglie. "Ottima domanda. È palese che mi *interessa*–"

"–il mio pappagallo," disse la signorina Weatherby, come se fosse perfettamente normale che un gentiluomo si presentasse alla porta di una giovane donna per offrire delle giunchiglie a un pappagallo. "Lo porto in salotto?"

"*Sai* che non sopporto quella bestia." Sconvolta, la signora Weatherby balzò in piedi come se il pappagallo potesse arrivare in qualunque momento e accecarla con le sue piume pietrificanti. "Vai, vai! Prendilo pure, se devi. Io devo sdraiarmi. Mi hai fatto venire un'emicrania terribile."

Ciò detto, l'anziana fuggì dal salotto con più alacrità di quanto Thad le avrebbe attribuito.

"Ti farò portare della cioccolata," esclamò la signorina Weatherby. "Ho comprato quella che ti piace!"

L'unica risposta fu il suono distante di una porta che sbatteva.

La signorina Weatherby trasse un sospiro di sollievo. "Avete fatto un'ottima impressione."

"Davvero?" chiese dubbioso lui. "Da cosa lo capite?"

"Mia nonna ci ha lasciati soli senza supervisione," spiegò la signorina Weatherby. "Non esiste lode più alta."

O errore più grande. Thad abbassò allarmato i fiori. Non era del tutto sicuro che restare da soli fosse una buona idea.

"Ci sono delle domestiche?" chiese speranzoso Thad. "Dei lacchè?"

"Probabilmente, mia nonna li avrà ormai licenziati tutti," disse la signorina Weatherby con un sorriso di sofferenza. "Spera che voi ruberete un bacio illecito e che l'onore vi imporrà di sposarmi."

Thaddeus si avvicinò interessato. "Avevate detto di non nutrire alcun interesse nello sposarmi."

"Non ho mai negato il mio interesse nei *baci*," borbottò la giovane mentre imboccava il corridoio. Poi, alzò la voce. "Venite. Il pappagallo è da questa parte."

"Un momento… *volete* che io vi rubi un bacio?" Gli ultimi petali gialli si sparsero per il corridoio mentre Thad si affrettava a seguire la signorina Weatherby.

La giovane si fermò di fronte a una porta aperta e gli rivolse un'occhiata mortificata per il fatto che lui avesse sentito le sue parole borbottate.

Thad era molto interessato all'idea di un bacio.

"Non *voglio* volerlo," mormorò nervosamente lei, arrossendo.

Thad sapeva esattamente cosa intendeva. Lui stesso continuava a cercare di allontanarsi, ma non riusciva a trattenersi dal tornare indietro.

Non c'era nulla che desiderasse più del gettare via quello che restava delle giunchiglie, affondare le dita nei capelli della giovane e baciarla fino allo svenimento.

Il cuore di Priscilla mancò un battito quando il suo sguardo incrociò quello del signor Middleton e lei riconobbe tacitamente l'elettricità che scorreva tra di loro.

Aveva sognato l'avventura, aveva bramato qualcosa di diverso, ma ora che l'uomo era lì nel corridoio, lei non aveva idea di cosa fare.

Qualcosa di nuovo in quella vecchia casa! Priscilla riusciva a malapena a crederci. Nel giro di un istante, i suoi pomeriggi infiniti e noiosi erano stati completamente rivoltati.

Il signor Middleton era il primo ospite maschio da… beh, da *sempre*. Con l'eccezione di papà e del nonno, naturalmente, che erano i padroni di casa, nonostante non fossero mai presenti.

Probabilmente, Priscilla avrebbe anche potuto congedare il signor Middleton, ora che la nonna non era più in vista, e forse lo avrebbe fatto. Ma quella era anche un'opportunità perfetta per il signor Middleton di scoprire per conto proprio che lui e Priscilla non avrebbero potuto essere meno compatibili. Lei non sarebbe stata costretta a trovare un modo gentile per respingerlo.

L'uomo sarebbe fuggito urlando.

"Questo è il mio salotto," disse lei, entrando.

Il signor Middleton la seguì.

Il cuore di Priscilla martellava. Era arrivata a *due* cose impossibili prima dell'ora del tè. O forse dieci. Aveva perso il conto.

"Aspettate qui," disse. "Vado a prendere Koffi."

Entrò furtivamente in camera sua e chiuse la porta per riprendere fiato.

"Tè e dolcetti!" starnazzò Koffi.

"Non c'è niente da mangiare," disse lei. "A meno che tu non voglia mordicchiare gli steli di quelle che, forse, una volta erano giunchiglie."

"C'era una volta!" starnazzò Koffi.

Priscilla aprì la gabbia del pappagallo e allungò il dito.

Koffi la fissò. "Tè e dolcetti!"

"Ti darò qualcosa da mangiare," promise lei, "non appena avrai conosciuto il signor Middleton."

"Solo signore, senza titolo!" starnazzò Koffi. "Solo signore, senza–"

"*Shhh.*" Priscilla infilò una mano nella gabbia per tirare fuori Koffi. "Il fatto che una cosa sia vera non significa che un uomo voglia sentirsela dire. Fa' il bravo con il sig... col nostro ospite," si affrettò a correggersi lei.

Da un lato, quell'incontro avrebbe dato al signor Middleton la scusa perfetta per andarsene. Papà e il nonno non avevano alcun problema a lasciare a casa Koffi. La nonna non sopportava la sua vista, il suo odore o i suoni che produceva. Il signor Middleton avrebbe trovato una scusa per fuggire non appena Koffi avesse aperto becco.

Sospirando, Priscilla uscì dal rifugio della sua camera da letto e tornò in salotto con Koffi appollaiato sul dito.

Ecco. Il signor Middleton avrebbe sussultato di fronte alle strida di Koffi, arricciato il naso nello scoprire che le piume del pappagallo erano grigie invece che verdi, oppure—

Il signor Middleton non stava arricciando il naso. Stava fissando Priscilla e Koffi come se fossero appena scesi dal cielo su un arcobaleno coperto d'oro. Inspiegabilmente, le sue prime parole furono:

"Meglio degli uccellini," mormorò l'uomo, più a se stesso che per conversare.

Priscilla non aveva idea di come rispondere a un commento simile.

"Questo è un pappagallo grigio africano," disse invece. "Ha quattordici anni."

La nonna considerava Koffi una lurida bestia color fuliggine.

"È splendido," disse subito il signor Middleton, gli occhi che brillavano mentre si chinava al livello di Koffi. "Molto lieto di conoscerti."

Koffi mantenne un silenzio inusuale. Probabilmente perché non aveva mai sentito la frase "Lieto di conoscerti" da quando era stato posto tra le braccia di Priscilla.

Il signor Middleton allungò un dito, avvicinandolo a quello di Priscilla.

Koffi si voltò, arruffò le penne e sollevò il

becco con aria sprezzante.

Il signor Middleton scoppiò a ridere. "È così che gli uccelli snobbano le persone?"

"Temo di sì," disse solennemente Priscilla. "Spero che non vi abbia spezzato il cuore."

Gli occhi scuri dell'uomo erano colmi di allegria. "Almeno non ha detto 'Voi non avete ciò di cui ho bisogno, signor Middleton.'"

Lo stomaco di Priscilla si serrò. Non era stata sua intenzione ferire l'uomo.

"Solo signore, senza titolo!" starnazzò Koffi. "Solo signore, senza titolo!"

Priscilla si irrigidì ancora di più.

Il signor Middleton rise fino a farsi venire le lacrime agli occhi. "Ah, quale orrenda ferita al mio orgoglio!"

Lentamente, i muscoli tesi di Priscilla si rilassarono e un sorriso cominciò a intravedersi sulle sue labbra. Il signor Middleton non si era offeso. Era *deliziato*.

Nessuno era *mai* stato deliziato da qualcosa a cui Priscilla teneva.

"Come si chiama?" chiese il signor Middleton.

Priscilla trasse un respiro profondo. "Koffi?"

"Ah." L'uomo scosse mestamente la testa. "Temo che dobbiamo separarci. Io preferisco di gran lunga il tè[1] al–"

"Tè e dolcetti!" starnazzò Koffi. "Tè e dolcetti!"

"Esatto," disse con entusiasmo il signor Middleton. "Magari la signorina Weatherby potrebbe andare a prendercene un po' e tenere il caffè per sé?"

"Non *coffee*," disse ridendo Priscilla. "Koffi. È

una parola baoulé. Nel villaggio da cui proviene Koffi, capita spesso che i figli prendano il nome dai giorni della settimana. Non so quando sia nato Koffi, ma so quando è arrivato qui. Insomma, l'ho chiamato 'Sabato'."

Il signor Middleton la guardò come se avesse atteso per tutta la vita che qualcuno dicesse esattamente quelle parole.

"Se non altro, non si chiama Mercoledì," disse l'uomo con un sorriso bizzarro. "Una basta e avanza."

"Se fosse arrivato di mercoledì, si sarebbe chiamato Konan," spiegò Priscilla.

L'uomo si tirò indietro con aria colpita. "Come fate a sapere tutte queste cose?"

"A dire il vero, ne so ben poche," ammise lei. "Ma volevo che le sue prime parole provenissero dal suo paese. Ho letto tutto il materiale disponibile riguardo ai Baoulé, che purtroppo è ben poco."

Era in forte debito nei confronti di Koffi. Per anni e anni, il pappagallo era stato costantemente il suo compagno e il suo migliore amico, confinato in una gabbia dorata. Nessuno la conosceva meglio del suo pappagallo o aveva trascorso più tempo con lei. Una volta acquisita l'eredità, Priscilla lo avrebbe portato nel suo luogo di provenienza. Entrambi avrebbero scoperto tutto ciò che si erano persi.

"Mi rimangio quello che ho detto," annunciò il signor Middleton. "Preferisco Koffi al tè."

"Tè e dolcetti!" esclamò Koffi. "Tè e dolcetti."

"Non ho mai detto che ti preferisco ai dolcetti,"

mormorò il signor Middleton. "Ognuno ha le sue debolezze."

Nonostante tutto, Priscilla ridacchiò. Non riusciva a credere che il gentiluomo nel suo salotto stesse trascorrendo tanto tempo conversando col suo pappagallo quanto ne trascorreva conversando con lei... e nemmeno che quella fosse esattamente la cosa giusta da fare. Avere il signor Middleton lì con loro era molto meglio che stare da sola con Koffi.

"Sa volare?" chiese il signor Middleton.

Priscilla sollevò in alto la mano. "Addio, Koffi."

"Addio, amore mio! *¡Adios, mi amor! Merde!*" starnazzò Koffi mentre volava sul bastone delle tende più vicine.

"Chiedo scusa, ma..." Gli occhi castani del signor Middleton brillavano di allegria. "Quanto vi fidate della precisione di Koffi come traduttore?"

Priscilla spalancò gli occhi. "State insinuando che il mio prezioso pappagallo ha competenze linguistiche meno che perfette?"

"Insinuare?" gemette l'uomo, fingendosi offeso. "Signora mia, ve lo giuro sulla mia anima. Vi hanno presa per il naso!" Ciò detto, fece una pausa e inclinò la testa. "O forse per il becco."

Priscilla si avvicinò di un passo. "Come potete esserne sicuro?"

"Non è mai esistito nessuno più sicuro di me," le assicurò lui, avvicinandosi fino a quando le loro scarpe quasi si toccarono. "Il francese è la lingua dell'amore, mia cara, e io sono un esperto..."

"Di amore?" mormorò Priscilla quando le punte delle sue dita sfiorarono quelle dell'uomo.

"Stavo per dire 'della coniugazione dei verbi'," mormorò il signor Middleton, "ma la mia *seconda* materia migliore è sempre stata—"

"Bestia." Priscilla gli diede un leggero scappellotto sul petto.

L'uomo le intrappolò la mano tra la propria e il battito del proprio cuore. La sua testa si abbassò verso quella di Priscilla. *"Je veux ce que je n'ose pas avoir."*

Priscilla si leccò le labbra. Erano troppo vicine a quelle dell'uomo, la tentazione troppo grande, ma lei non riusciva a staccarsi.

"Il mio pappagallo è l'unico a parlare francese," si costrinse a dire con ironia, rompendo l'incantesimo.

L'uomo sorrise, in maniera lenta e devastante, e le lasciò la mano. "In francese, quello che ho detto significa 'Il mio orso ha dato un morso a un corso.' È una frase molto utile."

Priscilla si portò la mano tremante al cuore dal battito accelerato e distolse lo sguardo. Quello non era assolutamente il significato delle parole pronunciate dal signor Middleton. Priscilla aveva studiato abbastanza francese da riconoscere la frase *Voglio ciò che non oso avere.*

Se lui l'avesse toccata per un singolo istante in più, probabilmente lei gli avrebbe dato tutto. Il battito del suo cuore non si era ancora calmato.

Per distrarre entrambi da quanto vicino lei era arrivata a concedere volutamente un bacio, Priscilla cercò in fretta e furia un argomento nuovo e innocente. "Siete andato a Hyde Park oggi pomeriggio?"

"No," rispose il signor Middleton, rilassandosi visibilmente di fronte a un argomento molto più sicuro. "Ero troppo impegnato a svolgere importanti attività da gentiluomo per dedicare un momento al parco."

Priscilla strinse gli occhi insospettita.

"Eravate al vostro club?" tirò a indovinare.

"Taverna," la corresse lui. "I club sono per chi ha patrimoni e titoli. Chiedete al vostro pappagallo."

"Koffi non entrerebbe mai in una volgare taverna," gli assicurò lei. "Qual è la vostra?"

"Il Duca Malandrino, in Haymarket," rispose subito l'uomo. "È un luogo quasi famigerato, considerato che fanno entrare gentaglia come il sottoscritto, ma è pur sempre proprietà di Eastleigh–"

"Valentine Fairfax, sesto duca di Eastleigh." Koffi sbatté le ali.

Il signor Middleton rimase di stucco. "Ehm… sì. E anche di Colehaven–"

"Caleb Sutton, quinto duca di Colehaven," starnazzò Koffi.

Il signor Middleton lanciò un'occhiata attonita a Priscilla.

Lei avvampò. "*Può darsi* che abbia assistito a più di una lettura completa della *Paria di Debrett*."

Spesso, Priscilla studiava leggendo ad alta voce. Era l'unico modo per scacciare l'eterno silenzio dalla sua casa, anche se solo per un momento.

"Avete mai pensato a un romanzo?" chiese cordialmente il signor Middleton. "Se ripete tutto quello che sente, almeno potrebbe dire cose come 'Non riconosco alcun merito all'Università di Oxford', al che i vostri ospiti potrebbero discutere tra di loro se Koffi stia calunniando quell'onorata istituzione o se covi semplicemente rancore per la propria mancata ammissione."

Priscilla incrociò le braccia. "E quella citazione verrebbe da un romanzo?"

"Da una biografia," ammise il signor Middleton. "Quella di Edward Gibbons, scritta da lord Sheffield. E per rispondere alla vostra prossima domanda… no, non era un pappagallo."

"Peccato," disse tristemente Priscilla. "Se lo fosse stato, forse avrei letto la sua biografia."

"Voi non leggete biografie?" esclamò il signor Middleton, palesemente inorridito. "Non avete idea di cosa vi perdiate. Una buona biografia è una lettura affascinante, anche quando il soggetto è un comune essere umano."

"Parlate proprio come un uomo che non ha animali domestici," disse Priscilla tirando su col naso.

"E invece ne ho." Il signor Middleton si raddrizzò. "Possiedo la più feroce, più letale gattina di sei settimane che Londra abbia mai visto. Mi dicono che presto comincerà ad assassinare piccioni. Sarebbe un'ottima protagonista per una biografia."

"Ha sei settimane," disse ridendo Priscilla. "Non ha ancora vissuto abbastanza per cominciare a pensare a una biografia. E poi, lei e Koffi sono destinati a non incontrarsi mai."

Il signor Middleton la guardò a bocca aperta. "Ma… Come potete… Romeo e Giulietta non hanno affrontato un malvagio altrettanto crudele!"

"Lei è una *gatta*," gli ricordò Priscilla. "Koffi è un uccello. Non vi sembra che tutto ciò potrebbe costituire un minuscolo ostacolo?"

"La mia gatta ama tutti," protestò l'uomo. "Ce l'ho solo da un giorno, ma sono sicuro che tratterebbe Koffi con grazia e decoro."

"È improbabile che Koffi ricambi il favore," lo informò tristemente lei. "Ha l'avventura nel sangue, proprio come mio padre e mio nonno."

"Sono avventurieri?" chiese con interesse il signor Middleton. "Quelle degli avventurieri sono tra le mie biografie preferite."

"Anche tra le mie," ammise Priscilla.

L'uomo rimase a bocca aperta. "Dunque, *avete* letto dei buoni libri."

"Un paio." Priscilla gesticolò verso i suoi scaffali, stracolmi di volumi e atlanti provenienti da tutto il mondo.

L'uomo spalancò gli occhi con aria di apprezzamento. "Vostro padre e vostro nonno devono avere delle magnifiche storie da raccontare."

"Proprio così," esclamò subito Priscilla, scacciando quella vocetta che le ricordava che lei ne aveva sentite ben poche. "Mio nonno si innamorò dell'avventura durante il suo Grand Tour, quando era giovane. Ha detto che la bellezza di mia nonna era l'unica cosa capace di allontanarlo dall'avventura."

Gli occhi del signor Middleton si illuminarono. "Vostro nonno è qui in questo momento?"

"N-no," ammise lei. "Ma torna… ogni tanto."

Una volta, quando lei aveva avuto nove anni. E una quando ne aveva avuti diciassette.

"E vostro padre?" chiese il signor Middleton.

Era stato presente in quelle due stesse occasioni, ma non alla nascita di Priscilla, al suo debutto o in qualunque altro momento successivo.

Erano uomini impegnati, ricordò a se stessa Priscilla. L'Africa non era dietro l'angolo. Non appena sarebbe diventata una donna libera, lei avrebbe potuto unirsi a loro nei loro viaggi e il tempo che avevano trascorso lontani non avrebbe più avuto alcuna importanza.

"Mio padre è il compagno di viaggio di mio nonno," disse. "Sono stati loro a portare Koffi dall'Africa. Le loro vite sono piene di avventura."

Priscilla si aspettava che il signor Middleton dicesse *Sarebbe l'argomento perfetto per una biografia.*

"Deve essere dura per le loro mogli," mormorò invece l'uomo. "E per voi."

Con suo orrore, gli occhi di Priscilla si inumidirono. Distolse velocemente lo sguardo.

Nessuno aveva *mai* preso atto delle conseguenze su Priscilla. Lei aveva una casa. Aveva 'buon sangue'. Aveva un pappagallo. Di cosa poteva mai lamentarsi? Una bambina non poteva comprendere cosa fosse *davvero* il senso di perdita, come amava dire sua nonna.

Forse era quello il motivo per cui udì la propria voce rispondere: "Mia nonna non è mai più uscita di casa."

All'inizio, si era comportata così perché voleva essere a casa per accogliere suo marito, in qualunque momento egli fosse tornato. Quando il nonno non era tornato affatto, la nonna aveva concentrato tutta la sua attenzione sul suo giovane figlio, che era cresciuto identico al padre in tutto e per tutto.

Quando papà era partito per unirsi al proprio padre dell'avventura, lasciando a casa una giovane moglie incinta, la nonna non era potuta uscire per andare a tenere compagnia alla nuora... per cui l'aveva invece accolta in casa propria.

Era come se, anche allora, la nonna avesse saputo che gli uomini non sarebbero tornati.

La madre di Priscilla non lo aveva saputo. Aveva pensato di essere diversa. Abbastanza bella. Abbastanza affettuosa. Abbastanza *incinta* da spingere il marito a restare, anche se solo per un po'.

Quei due non erano tornati a casa nemmeno per il funerale.

"Mia madre è morta di crepacuore," disse infine Priscilla. Era abbastanza vicino alla verità. "Quando io andrò all'avventura, mi assicurerò di non lasciarmi alle spalle nessuno che mi voglia bene."

Ecco in cosa consisteva il duplice pericolo di un marito. L'avrebbe lasciata prima lui, per partire all'avventura... oppure, quando Priscilla sarebbe tornata a casa dalla sua, avrebbe trovato solo una lapide a ricordarlo.

I caldi occhi marroni del signor Middleton non distolsero lo sguardo dai suoi.

"Dopo tutto quello che avete raccontato," mormorò l'uomo, "volete comunque andare all'avventura?"

Priscilla annuì, un movimento spasmodico. Ma certo che voleva andare. Lo aveva sognato sin da quando era piccola. Non vedeva l'ora di partire.

L'avventura doveva essere la cosa migliore del mondo. Per quale altra ragione papà e il nonno avrebbero dovuto lasciarla a casa?

"Ho fatto una promessa," disse. "Porterò Koffi nel Baoulé a vedere la sua terra natia."

Koffi sbatté le ali. "Addio, amore mio*! ¡Adios, mi amor! Merde!*"

La citazione errata non la fece sorridere. Non lo faceva mai. Era il modo in cui si sarebbe sentita quando il suo migliore amico avrebbe scelto di volare via.

"Sembra proprio un'avventura incredibile," ammise il signor Middleton. "Davvero degna di una biografia."

"Non ancora," disse lei con un sorriso sghembo. "Al momento, non sono stata che a Londra."

"Non mi riferivo a voi," precisò l'uomo. "Quella di Koffi è la triste storia di chi è stato strappato alla sua terra natia, solo per esservi riportato dalla persona che gli vuole più bene. Inoltre, è un esemplare magnifico dalla conversazione splendida, grazie al fatto che padroneggia tre lingue."

Priscilla sollevò il mento. "Chi pensate che gli abbia insegnato quelle lingue?"

"Non una ragazza," disse inorridito lui, "*evidentemente*. Il piccolo cervello femminile duole al solo pensare a qualcosa che non siano cappelli e bottoni. Come dico sempre ai miei amici al Duca Malandrino, Oxford farebbe molto meglio ad ammettere dei pappagalli piuttosto che aprire le sue porte a gente come–"

Priscilla gli diede una spinta, ridendo. *"Vaya al diablo, hijo de—"*

"Ah, che parole terribili!" Il signor Middleton si strinse il petto, schiacciandosi il fazzoletto da collo. *"Je ne suis qu'un pauvre garçon. Ma langue n'est pas aussi sage que mon cœur."*

Priscilla strinse gli occhi, quindi emise un ringhio di sconfitta. "Avete parlato troppo in fretta. Potreste ripetere?"

Il signor Middleton agitò una mano con noncuranza. "Nulla, nulla. Erano parole a caso riguardanti la nebbia e... la nebbiosità della nebbia. Soprattutto di quella di Londra."

"Dico sul serio." Priscilla fece un passo verso il signor Middleton. "Leggo il francese quasi come se fosse la mia lingua madre, ma non ho mai sentito nessuno pronunciarlo, se non me stessa."

"E Koffi," le ricordò lui. "Koffi vi *sente*."

Priscilla abbassò la voce con fare complice. "L'accento di Koffi è persino peggiore del mio. In quanto a grammatica, probabilmente siamo alla pari."

Con suo stupore, il signor Middleton non rise. Invece, inclinò la testa e la guardò con aria seria. "Quanto sapete?"

"Di lessico? Parecchio. Ho imparato a memoria tutti gli elenchi di parole su cui sono riuscita a mettere le mani. Di grammatica? Solo quello che riesco a spremere dai libri. Non ho mai avuto un vero insegnante e decifrare Voltaire e Beaumarchais una riga alla volta non è il modo migliore per–"

"Vi scriverò delle lettere," disse senza esitazione il signor Middleton. "Una la mattina e una prima di andare a letto. Avrete un contesto da cui partire, perché sapete ciò di cui abbiamo parlato. A ogni modo, cercherò di essere il più chiaro possibile. E mi aspetterò delle lettere in risposta."

"Certo," confermò Priscilla, così in fretta che le parole si accavallarono. "Potreste correggere le mie e rispedirmele insieme alle vostre?"

"Sarò il più duro e inflessibile possibile," le assicurò l'uomo. "Il porcospino degli insegnanti di francese."

Priscilla giunse le mani, entusiasta.

"Ho sempre voluto un porcospino," gli assicurò. "E il parlato? Potremmo parlare esclusivamente in francese quando ci incontreremo in pubblico?"

Il signor Middleton strinse gli occhi. "Il mio primitivo cervello maschile comincia a sospettare che questa sia la prima e ultima visita in casa vostra che voi volete che io faccia."

"La mia volontà non c'entra nulla," disse onestamente Priscilla. Non avrebbe potuto sognare un uomo più perfetto di quello. "Il problema è mia nonna. Se era disposta a mandare a prendere una licenza di matrimonio alla sola vista di un uomo che portava dei fiori–"

"Fiori che avevano tutti le loro corolle quando ve li ho portati," disse il signor Middleton, senza batter ciglio. "Credo che il loro aspetto attuale dia loro carattere."

"Come no," disse ridendo Priscilla. "Se Koffi non avesse fatto scappare la nonna, lei–"

Si sarebbe quasi innamorata di voi a sua volta.

"–ci starebbe trascinando all'altare," concluse Priscilla. "Non voglio darle false speranze."

Né darne a lui. Ora più che mai, avrebbe voluto poter spiegare che non stava respingendo il signor Middleton, ma la routine. Aveva già vissuto abbastanza a lungo una vita noiosa e stagnante. L'eredità era la sua unica possibilità di avere qualcosa di meglio.

Finché entrambi avessero avuto chiaro in mente che qualunque elettricità crepitasse tra di loro non poteva portare ad altro, una semplice *amicizia* non poteva fare nulla di male. Giusto?

Il signor Middleton annuì lentamente. "Capisco."

"È…" La voce le venne meno.

Era cosa? Giusto? L'uomo dava e lei prendeva. Come le era venuto in mente che egli volesse prolungare un'amicizia condannata in partenza?

"*C'est le destin*," disse il signor Middleton, inchinandosi elegantemente. "*Je m'appelle* Thaddeus. *Et vous?*"

"Priscilla," balbettò lei, per poi rendersi conto di aver mandato all'aria la prima occasione di esercitarsi nel francese con un vero partner. Ricominciò daccapo. "*Je m'appelle* Priscilla. *Et je suis…* er… *enchantée.*"

"*Cherche les signes*," disse il signor Middleton con un sorriso sghembo, per poi recarsi alla porta. "Arrivederci, Koffi. *Au revoir*, Priscilla."

"Addio, amore mio!" starnazzò Koffi. "¡Adios, mi amor!"

Priscilla si lasciò cadere contro la parete più vicina e borbottò: "*Merde.*"

CAPITOLO 7

*P*riscilla batteva con nervosismo il perimetro della sala da ballo degli Everett. Avrebbe voluto essere a casa, nel caso Thaddeus le avesse spedito un'altra lettera. Voleva essere *lì*, nel caso ci fosse anche Thaddeus. Voleva…

Voleva *Thaddeus*, dannazione.

Persino il suo solito passatempo del gioco a punti era impallidito al confronto. Nella settimana trascorsa dalla visita dell'uomo, lei non lo aveva nemmeno intravisto… ma le loro due lettere al giorno erano diventate prima tre e poi quattro. Priscilla dovette ammettere che l'ansiosa attesa di ciascuna era dovuta tanto al fatto che venivano da *lui* quanto al francese.

"Svampita," borbottò tra sé.

Cosa importava se le sue frasi sconclusionate e l'eloquenza poetica del signor Middleton avevano presto dato luogo alle conversazioni più profonde che lei avesse mai avuto con un'altra persona? Le lettere non erano importanti. Avrebbe potuto scrivere missive per il resto della sua vita, se avesse voluto. L'obiettivo era andare all'avventura con papà e il nonno, e il *mezzo* per raggiungere tale fine era la competenza linguistica.

Non che Priscilla dubitasse della sincerità della loro promessa di accoglierla nel loro gruppo dopo il suo venticinquesimo compleanno. Magari non si sarebbero ricordati di venire a prenderla, ma non era proprio a quello che serviva l'eredità?

Ma una volta che li avesse trovati, una volta che si fosse unita alla loro carovana in Africa con lo stesso zelo e la stessa caparbietà di un uomo, una volta che avesse mostrato la propria disponibilità a cucinare, pulire o occuparsi di cavalli e cammelli, una volta che avesse dimostrato non solo la propria utilità nell'accampamento, ma anche la sua capacità di comunicare con altrettanta facilità in francese e in inglese...

Beh, sarebbe diventata indispensabile, giusto? Certo, la sua conoscenza della lingua baoulé era limitata, ma avrebbe imparato sul campo, guadagnando nel farlo l'ammirazione e il rispetto di papà e del nonno... diventando finalmente impossibile da lasciare a casa.

Quell'immagine le fece martellare il cuore per una familiare ondata di speranza e di entusiasmo. C'era quasi. Doveva solo restare lontana dall'altare – e dagli scandali – ancora per un po'.

"Signorina Weatherby?" Di fronte a lei stava il duca di Colehaven, con la mano tesa. "Non ditemi che avete dimenticato il nostro ballo."

"Mi ero distratta," ammise Priscilla, mettendo

la mano in quella del duca. "Ho aspettato questo momento per tutta la serata."

Normalmente, Priscilla non si sarebbe mai messa tra le braccia di un gentiluomo titolato. L'interesse romantico di un duca avrebbe suscitato l'interesse romantico di tutti gli altri e il romanticismo era l'ultima cosa di cui lei aveva bisogno.

Ma il duca di Colehaven era felicemente sposato. Inoltre, era il fratello maggiore della sua amica Felicity, che aveva orchestrato quella quadriglia per fare coppia con un certo conte.

Oppure si trattava di un marchese? La lista degli ammiratori di Felicity sembrava un riassunto della *Paria di Debrett*. Se si era diffusa la voce che la sua amica era finalmente pronta ad accettare un'offerta di matrimonio, doveva esserci una coda di gentiluomini lunga chilometri.

"Come sta il vostro pappagallo?" chiese Colehaven.

"È una gioia e un terrore," rispose prontamente Priscilla. Anche se pochi oltre a Thaddeus avevano conosciuto Koffi, Colehaven sapeva della sua esistenza grazie all'amicizia tra Priscilla e Felicity. "Come sta il Duca Malandrino?"

"È sempre più malandrino," le assicurò Colehaven. "Siamo al nostro decimo anniversario, ma per ora ne ho trascorsi la maggior parte in Parlamento." Il duca fece una smorfia.

Priscilla indossò una maschera adeguatamente solidale. "Meno birra per voi?"

"A dire il vero, di più." Il sorriso dell'uomo era contagioso. "Diana e io stiamo installando una distilleria in casa. Non vedo l'ora di assaggiare le sue invenzioni. Lei conosce la birra bene quanto me."

Dodici punti al duca e venti a Diana, decise Priscilla. Se *proprio* ci si voleva incatenare a un uomo altrettanto incatenato a Londra, sposare una persona palesemente devota quanto il duca di Colehaven era l'alternativa migliore possibile. Priscilla era entusiasta per entrambi i suoi amici.

Entusiasta, ma non invidiosa. Diana e Colehaven erano una coppia su un milione. Il resto della sala da ballo era pieno di gusci vuoti che si erano tuffati in matrimoni deprimenti per motivi politici, sociali o economici.

Quelle persone condannavano loro stesse a una vita trascorsa a condividere il letto e la tavola da pranzo con un mollusco che avrebbero preferito lasciarsi alle spalle, o rinunciavano completamente a ogni pretesa e vivevano come sconosciuti, trovando il piacere tra le braccia di un amante o dovunque potessero trovarlo.

No, grazie. Priscilla preferiva essere lei a lasciare qualcuno a casa.

"Che ne pensate?" chiese Colehaven, accennando col capo alla propria sorella e al partner di lei. "Il marchese è quello giusto?"

Se ha le tasche abbastanza piene.

Priscilla non avrebbe mai detto una cosa del genere ad alta voce, naturalmente. Non a Colehaven, se non altro. Felicity era sempre stata esplicita riguardo ai suoi requisiti per un corteggiatore. A differenza di Priscilla, si aspettava di vivere a un livello molto più alto dei cammelli sudati e delle tende sporche di fango.

Sotto molti aspetti, loro due erano agli antipodi. Priscilla non aveva mai sentito la mancanza di alcun conforto materiale o lusso fisico. Ciò che non aveva avuto erano stati sostegno, incoraggiamento, affetto... qualcuno che sentisse la sua mancanza.

Felicity, d'altra parte, aveva sopportato anni di ristrettezze, senza alcun conforto materiale... ma non aveva mai dubitato di essere necessaria, amata, importante e tenuta in grande stima.

"Vostra sorella se la caverà," mormorò Priscilla.

Il duca annuì. "Lo so. Ma non riesco a smettere di preoccuparmi. È mia sorella." La sua fronte si increspò per la preoccupazione. "Magari aumenterò di nuovo la sua dote."

Priscilla annuì e finse di capire.

Il denaro nel fondo fiduciario era una delle poche prove del fatto che suo padre e suo nonno avessero mai pensato a lei e le avessero attribuito un qualche valore.

Al momento del suo debutto, quando una giovane e ingenua Priscilla aveva chiesto quali fossero le dimensioni della sua dote, era rimasta sconvolta nello scoprire che non aveva una dote. Nessuna.

I casi erano due: o papà e il nonno se n'erano dimenticati, come aveva cercato di rassicurarla Felicity, o si aspettavano che lei contraesse un buon matrimonio esclusivamente grazie alle sue capacità, come predicava sua nonna, o non si aspettavano che lei scegliesse di sposarsi, come credeva Priscilla.

Perché, altrimenti, avrebbero mancato di mettere da parte del denaro per una dote? La stavano aspettando. Contavano su di lei. E Priscilla non li avrebbe delusi.

"Guardate," mormorò Colehaven, annuendo con discrezione verso un altro quartetto sulla pista da ballo. "Vedete che razza d'uomo sceglie Felicity?"

Il cuore di Priscilla mancò un battito e lei mise un piede in fallo.

Il duca l'afferrò. "Va tutto bene?"

"Benissimo," gracchiò lei.

Non andava bene per niente. Priscilla aveva appena intravisto Thaddeus Middleton.

I suoi polmoni non riuscivano più a respirare.

Non aveva sentito annunciare il nome dell'uomo, il che significava che egli era arrivato prima di lei.

Priscilla lo aveva cercato per due lunghi set e lui era stato lì per tutto il tempo. Nessun sorriso. Nessuna parola di saluto. Nemmeno un cordiale cenno del capo dall'altra parte della stanza. Anzi, Priscilla non lo aveva visto affatto fino a quel momento, il che sembrava suggerire che egli fosse stato occupato in maniera diversa, lontano dallo sguardo del pubblico.

Forse con la donna che sorrideva come un'oca giuliva tra le sue braccia.

"Siete sicura che vada tutto bene?" chiese nuovamente Colehaven.

Priscilla annuì convulsamente. "Sicurissima."

E poi, cosa si era aspettata? Aveva detto a Thaddeus di non essere interessata al matrimonio; lui era un affascinante scapolo che *era* interessato al matrimonio...

Era solo questione di tempo prima che egli trovasse ciò che cercava e abbandonasse la sua sciocca amicizia epistolare con Priscilla.

Non appena la musica si fermò, Priscilla rivolse a Colehaven la riverenza di rito e fuggì dalla sala da ballo.

Basta sale da ballo, basta guardare Thaddeus ballare con altre donne. Donne giovani, belle, appetibili. Donne che potevano effettivamente sposarlo.

Liquidata la quadriglia richiesta, Priscilla poteva ora ritirarsi in tutta sicurezza in una biblioteca per la durata di un set o due. Nessuno avrebbe notato la sua assenza e un po' di tranquilla solitudine le avrebbe permesso di ritrovare l'equilibrio perduto.

Proprio mentre oltrepassava la soglia della biblioteca tranquilla e silenziosa, Priscilla sentì il cuore rallentare i battiti fino alla normalità. Ecco di cosa aveva bisogno. Qualcosa per distrarre la mente da una storia d'amore che, dal momento in cui aveva visto il signor Middleton da Almack's, aveva sempre saputo di non poter avere.

Si recò agli scaffali dalla parte opposta della biblioteca. Quella sezione era molto lontana dalla morbida luce del fuoco, ma i libri su quegli scaffali erano i più interessanti. Tre intere file di volumi intonsi sui viaggi.

Priscilla non avrebbe mai osato tagliare le pagine di libri altrui – per quanto ciò la tentasse – e dovette accontentarsi del gioco frustrante di immaginare tutto ciò che si perdeva mentre sfogliava i volumi.

Come in precedenza, c'era ancora soltanto un volume dedicato all'Africa equatoriale. Lei aveva imparato praticamente a memoria la metà visibile delle sue pagine nel corso di fughe passate in quella stessa nicchia della biblioteca.

Allungò comunque una mano verso il volume.

"*Bonsoir*, mademoiselle Weatherby," disse una voce bassa e familiare.

Priscilla si voltò, lasciando perdere il libro di viaggi.

"Oh," balbettò. "Ehm, buonasera. Volevo dire, *bonsoir*."

Splendido. Una scorrevolezza *perfetta*. Avrebbe conquistato il mondo con la sua spigliata padronanza della conversazione in francese.

"*Toutes les soirées que je passe avec vous sont belles.*"

Probabilmente, Priscilla avrebbe almeno dovuto tentare di decifrare quella frase e rispondere in maniera adeguata.

Ma non ci riuscì.

All'arrivo dell'uomo, la stanza si era svuotata dell'aria. Priscilla aveva pensato che il fenomeno fosse un effetto collaterale dell'aria stagnante nella casa di sua nonna, ma lì, nell'ampia biblioteca degli Everett, lei aveva respirato benissimo fino all'ingresso di Thaddeus.

L'uomo sembrava un quadro che aveva preso vita. Non una statua romana o un figurino insipido, ma un guerriero nascosto dietro a un fazzoletto da collo e una giacca a coda. Il calore del suo sguardo la fece tremare di desiderio.

Priscilla non si sentiva nascosta al sicuro nelle

ombre di una biblioteca privata leggermente fredda, ma piuttosto come una giovane gazzella esposta al centro delle ampie pianure del deserto del Sahara, la pelle coperta di sole e sudore, l'odore al vento, troppo palese per poterla nascondere. Eppure, non fuggì.

"Stavate ballando," disse stupidamente.

L'uomo fece un passo avanti. "Anche voi."

Non c'era nessuna via di fuga. Le scapole di Priscilla sfioravano gli ampi scaffali di mogano alle sue spalle e l'ampio petto del signor Middleton distava poco più di un braccio di distanza.

Non che lei avesse voglia di fuggire. Più probabilmente, avrebbe usato gli scaffali come una stampella per rimanere in piedi.

"Non sapevo che foste qui." Le guance di Priscilla si colorarono. "Prima di vedervi ballare, intendo."

"Non ero nella sala da ballo," concordò l'uomo. "Diana voleva che lady Everett avesse una lista aggiornata di…" Scosse la testa, l'espressione di affettuosa indulgenza. "Ma lasciamo perdere il peso corretto dei *bushel* di grano. Come si fa a tenere in mente la riforma dei pesi e delle misure quando si ha davanti voi?"

"Ehm," disse brillantemente Priscilla. *"Je ne sais pas?"*

Quello che sapeva era che era ridicolmente, irrazionalmente sollevata dalla scoperta che Thaddeus non era stato impegnato a sedurre un'altra donna, ma piuttosto a compiere una banale missione per conto di sua cugina.

Sollevata e malinconica.

Il palese affetto dell'uomo per la cugina era commovente… ma era anche un vincolo. Sebbene Thaddeus non possedesse alcun obbligo politico nei confronti della Camera dei Lord, sembrava evidente che non si sarebbe mai allontanato troppo da Londra o dalla sua famiglia.

Priscilla aveva imparato tutto di tutti, per essere più preparata nel gioco. Usava la sua conoscenza per tenersi appena fuori dal cerchio. Thaddeus usava la propria per restare esattamente al centro di esso.

Lui era un uomo che voleva sistemarsi, un uomo di casa, un uomo pronto a impegnarsi formalmente per tutta una vita. Una proposta di matrimonio da parte sua non sarebbe stata altro che una bella prigione. Un invito a non lasciare mai l'unico luogo da cui Priscilla voleva fuggire.

Lui *non* era fatto per lei. Eppure…

Thaddeus appoggiò una spalla allo scaffale più vicino, incrociando lo sguardo di Priscilla coi suoi caldi occhi marroni. "Mi siete mancata."

"Vi ho scritto cinque lettere, oggi." Assaporando ogni parola delle sue risposte. Togliendosi ogni volta un migliaio di punti.

"Non basta," mormorò l'uomo. "Volevo vedervi. Le parole più dolci sono quelle che vedo uscire dalle vostre labbra."

Non farti strane idee, si ammonì Priscilla. Certi gentiluomini ammaliatori riutilizzavano gli stessi, superficiali complimenti con tutte le donne che conoscevano. Quelle parole non significavano nulla. Lei non era speciale.

"Oggi," proseguì Thaddeus, "ho imparato la parola *taloua*." La fissò con uno sguardo ardente. "Significa 'bella'. O forse ' fanciulla'. A essere onesti, ogni parola della lingua baoulé mi ricorda voi."

Priscilla non sapeva come rispondere. Formulare una risposta coerente era difficile quando il cuore era appena svenuto.

"State imparando il *baoulé?*" balbettò.

Thaddeus le rivolse un sorriso timido e impacciato. "Non lo parlo bellissimo, ma potrei provarci. Se voleste."

Priscilla avrebbe potuto mettersi a ridere. O a piangere.

Quell'uomo era *tutto* ciò che lei voleva. Dolce e affettuoso, premuroso e saggio, per nulla imbarazzato ad ammettere di aver pensato a lei e assolutamente disposto a fare qualcosa al riguardo. Lei gli mancava. E lui glielo aveva detto. Priscilla aveva mai desiderato qualcosa di più?

"Davvero imparerete il baoulé," azzardò lei, "solo per scrivermi delle lettere?"

"Non vedo altre motivazioni pratiche," rispose ridacchiando l'uomo. "Dopotutto, non voglio mica andare laggiù. Riuscite a immaginare quanto sarebbe lungo il viaggio?"

"Tra i cinque e i sei mesi," disse immediatamente Priscilla. "Da un porto all'altro. Il resto del viaggio si svolgerebbe via terra. Se prendeste un cammello—"

"Non prenderei un cammello," le assicurò Thaddeus. "È già abbastanza difficile non avere peli di gatto sui pantaloni."

"Vi suggerisco di evitare l'abbigliamento da sera a cavallo di un cammello," gli consiglio lei.

"Non sono un valletto, ma ho come la sensazione che l'equitazione a dorso di cammello sia più cosa da pantaloni in pelle di daino."

"Hmm." Thaddeus affettò una posa di profonda concentrazione. "E se cavalcassi il cammello di sera?"

"In tal caso, nessuno potrebbe vedere quei piccoli peli gialli sui vostri pantaloni," osservò lei. "E poi, nel tempo impiegato per arrivare a destinazione, i vostri indumenti sarebbero ormai fuori moda. Oltre che sbiaditi dal sole e macchiati di fango."

"E questo," disse Thaddeus, "è il vero motivo per cui non lo farei mai. Sono un gentiluomo molto elegante, che batte sempre in eleganza tutti gli altri, e il mio ego rimarrebbe ferito se perdessi il mio primato dopo aver deciso di fare un viaggio di sei mesi."

Le labbra di Priscilla ebbero un guizzo. "Sarete anche il gentiluomo più bello di Londra, ma quel gilet non è *à la mode* da tre stagioni."

Thaddeus si premette una mano contro il petto. "Una signora di buona famiglia non insinuerebbe mai una cosa del genere!"

"Né tantomeno viaggerebbe a dorso di cammello," ribatté Priscilla, facendo spallucce. Poi, si interruppe. "Non può essere vero. Come farebbero a spostarsi da un luogo all'altro?"

"A cavallo," osservò Thaddeus. "O a dorso di marmotte giganti. Dipende dalle specie locali. Perché siete così decisa a fare tutto a dorso di cammello?"

"Perché non ho mai fatto *nulla* a dorso di cammello," ammise Priscilla. "Né a dorso di marmotta, ora che mi ci fate pensare. Ma lascerò che siate voi il primo a provare la marmotta."

"Io non vado da nessuna parte," le ricordò Thaddeus, rabbrividendo leggermente. "Pensate a tutto quello a cui mi toccherebbe rinunciare. E se Gunter's non avesse negozi in Africa?"

"E se laggiù ci fossero innumerevoli leccornie cento volte più appetitose?" ribatté lei. "Non credete che sarebbe fantastico saltare a bordo di una nave ed esplorare i quattro angoli del mondo per il resto della vostra vita?"

"No?" L'espressione dell'uomo era comica. "Avete mai *assaggiato* il chinino?"

Priscilla rimase di stucco. "Voi sì?"

Thaddeus gesticolò. "A orecchio, credo che abbia un sapore tremendo. Rimarrò fedele alle birre che servono al Duca Malandrino, grazie."

Priscilla si morse il labbro. "Davvero sareste felice di non lasciare mai d'Inghilterra?"

"*L'ho* lasciata," ammise l'uomo. "Subito dopo la fine della guerra, ho fatto un lungo viaggio per il Continente. La Francia è a un tiro di sasso; ci tornerei subito."

Una piacevole sorpresa esplose in lei. "Vi piace viaggiare?"

"Io adoro le persone," le ricordò Thaddeus. "Gli altri Paesi sono pieni di biografie viventi. Se avessi i mezzi, trascorrerei tutti gli anni un mese sul Continente."

Se avessi i mezzi. Era proprio quello il problema.

Thaddeus era quasi perfetto. E apprezzava l'avventura. Ma non voleva allontanarsi oltre il Continente e non aveva nemmeno il denaro sufficiente per spingersi fin là. Con la spesa aggiunta di una moglie, Thaddeus Middleton sarebbe stato costretto a trascorrere il resto della propria vita in Inghilterra, volente o nolente.

"E voi?" chiese l'uomo. "Davvero rinuncerete ad avere delle radici e un luogo da chiamare casa?"

"È quello che ho sempre voluto," mormorò Priscilla. Una vita di brivido e avventura. Era la spinta dietro tutto ciò che faceva. "Non tutti hanno gli stessi sogni e questo è un bene. Di sicuro, anche le vostre biografie concordano: sono le differenze a rendere interessanti le persone."

"È abbastanza vero," ammise l'uomo, lo sguardo perso nel vuoto. "Se tutti fossero uguali, non avrei riempito la metà dei diari…" Si schiarì la voce e si voltò verso gli scaffali. "Cosa state cercando?"

"Un momento." Priscilla incrociò le braccia e fissò affascinata Thaddeus. "Voi non vi limitate a *leggere* biografie… le scrivete anche?"

"No," si affrettò a precisare Thaddeus. "Prendo appunti. Molti appunti. In previsione di future biografie che non scriverò. È molto noioso. Torniamo a parlare del chinino. La malaria è un argomento davvero affascinante. Per caso avete intenzione di prendere prima lo scorbuto? Dopotutto, il viaggio in nave è molto lungo."

"Voi scrivete," disse meravigliata lei. "Mi piacerebbe molto leggere qualcosa scritto da voi."

"Voi leggete le mie parole tutti i giorni," le ricordò l'uomo. "Vi ho tenuta puntualmente aggiornata sugli sviluppi a *chez* Middleton."

"E lo fate in maniera brillante," disse Priscilla. "Anche in francese, riesco a immaginare tutto ciò che descrivete e a ridere delle parti divertenti, anche alla seconda o la terza lettura."

Thaddeus la fissò con aria sconcertata. "Voi rileggete le mie lettere?"

"Infinitamente." Priscilla gli rivolse un sorriso sghembo. "Le vostre parole potrebbero essere più dolci solo se le vedessi uscire dalle vostre labbra."

"Le mie labbra sanno fare anche altro, *ma très chère*," disse Thaddeus con una spacconeria esagerata, palesemente intesa a rompere l'incantesimo del momento.

Ma la magia invece si fece più intensa, avvicinandoli l'uno all'altra.

"Fatemelo vedere," disse lei, trovando il coraggio di appoggiare le dita sul caldo bavero della giacca dell'uomo. "Cosa sanno fare quelle belle labbra?"

Thaddeus rispose col proprio corpo, invece che con le parole, avvicinando la testa lentamente, dandole il tempo di ridere, staccarsi e far passare il tutto come un gioco.

Ma Priscilla non stava più giocando a punti. Non stava più giocando e basta. Se stava per avere il suo primo bacio, voleva che fosse con lui.

Quando le labbra dell'uomo sfiorarono le sue, Priscilla si sentì cadere verso gli scaffali.

Thaddeus la afferrò e la premette contro di sé, allineando i loro corpi indecentemente nel modo migliore possibile.

Le labbra dell'uomo erano calde, sode e pazienti. Ma Priscilla non voleva aspettare. Voleva tutto. Senza tentennamenti. Quando se ne sarebbe andata, non ci sarebbero stati altri baci. Ma per il momento, non poteva quella essere un'innocente indulgenza, come le lettere che si scambiavano?

Forse non *del tutto* innocente, ammise mentre affondava le dita nei riccioli ribelli della nuca di Thaddeus. Una delle mani dell'uomo le passò attorno alla testa, l'altra la sostenne in fondo alla schiena. Ma Priscilla non voleva andare da nessuna parte. Non ancora.

Thaddeus staccò la bocca dalla sua quanto bastava per chiedere: "Quali sono le vostre intenzioni nei miei confronti, mademoiselle?"

"Carnali e disonorevoli," rispose lei, sfregandogli il seno contro mentre si alzava per portare la bocca vicino alla sua. "Sono uno spietato libertino che non promette nulla e vuole tutto."

La bocca di Thaddeus si curvò in un sorriso sensuale, colmo di tentazione. "Allora lasciate che io ve lo dia."

Quando sfiorò di nuovo le labbra di Priscilla con le sue, schiuse, anche lei le aprì. Thaddeus assaporò la sua bocca, la sua lingua, incoraggiando, dando, prendendo. Se non fosse stato per il suo braccio attorno alla vita e per le mani di Priscilla intrecciate attorno al collo di lui, lei sarebbe svenuta di fronte a tutte quelle sensazioni deliziose.

Ma no… Priscilla era ben lungi dallo svenire. Col cuore che galoppava e la passione in fiamme, non si era mai sentita più viva. *Quella* era vita. *Quella* era avventura. Esplorare la forma della bocca di Thaddeus, il sapore della sua lingua, la durezza dei suoi muscoli, la morbidezza dei suoi capelli.

Quello non era solo un bacio. Quello era *Thaddeus*. Priscilla non poteva più negare i propri sentimenti, almeno non con se stessa. Una magia del genere era qualcosa che si poteva costruire solo in due.

Thaddeus la stava portando verso nuove vette, mostrandole nuovi climi. Priscilla non aveva mai saputo che una pista di baci lungo la curva del collo potesse arrivare fino al nocciolo del suo essere. Non aveva mai saputo del punto sensibile dietro il lobo dell'orecchio o di come una carezza del pollice sulle costole potesse farle inturgidire i–

"–biblioteca è poco più in là," disse una voce acuta proveniente dal corridoio.

Priscilla e Thaddeus si staccarono di colpo, ansimando, i corpi che bramavano tornare a congiungersi.

Priscilla afferrò il libro sull'Africa dallo scaffale e se lo strinse al petto ansimante.

"Andate," mormorò. "Prima che qualcuno ci veda insieme."

L'uomo esitò, quindi le portò una mano alla guancia. "Se anche ci vedessero, io non avrei alcun problema a–"

"Io sì," lo interruppe lei, allontanandosi dal suo tocco. "Non possiamo avere altro che baci. Mi dispiace."

on possiamo avere altro che baci.

Thad stava facendo un grande sforzo per rispondere in maniera coerente ai saluti degli amici che incrociava mentre si faceva strada attraverso i giardini di piacere di Vauxhall, ma tutto ciò a cui riusciva a pensare erano le ultime parole pronunciate da Priscilla.

Baci. Al plurale. Era un presagio positivo, giusto?

Priscilla non aveva detto "Non lo rifaremo mai" o "Cosa mi è venuto in mente?" ma era piuttosto sembrata a suggerire che, fintanto che Thad sarebbe stato disposto ad accontentarsi di baci clandestini, avrebbe potuto averne quanti voleva.

La qual cosa gli piaceva molto. Non era riuscito a pensare ad altro nei giorni successivi al ballo degli Everett.

Le lettere tra lui e Priscilla non si erano diradate, ma naturalmente non avevano mai accennato a com'era stato trovarsi finalmente l'uno nelle braccia dell'altra. Quello non era il genere di lettere che Priscilla avrebbe voluto veder intercettate da sua nonna e, se Thad voleva essere onesto, lo scandalo non era la sua strada preferita verso l'altare.

Quando si sarebbe sposato, lo avrebbe fatto con una donna che aveva scelto lui, non con una che era stata costretta ad accontentarsi di lui. Forse ciò significava che Priscilla non era quella giusta.

A ogni scambio di lettere, Thad si sentiva più vicino a lei. Vederla partire per l'Africa gli avrebbe aperto un buco nel petto delle dimensioni del suo cuore. Ma non l'avrebbe costretta a fingere qualcosa che non provava. Ad accettare una vita che non voleva. Avrebbe preferito restare da solo per sempre che rovinare due vite con un matrimonio.

Dunque, sì. Poteva consolarsi coi baci. Baci accalorati, dolci, esilaranti. Il genere di baci che faceva venire voglia a un uomo di prendersi lo scorbuto in alto mare, o qualunque cosa ci volesse per tenersi le mani di Priscilla attorno al collo e le sue dolci curve strette contro di lui.

"Non vi abbiamo visto al Duca Malandrino questa settimana, vecchio mio." Un vicario gli diede una pacca sulla spalla. "Non dovevate discutere con Barret?"

Doveva?

"La prossima volta," rispose vagamente Thad.

Non ricordava di aver promesso nulla del genere. Durante le ultime due settimane, aveva accettato inviti solo a eventi ai quali c'era la possibilità che partecipasse anche Priscilla. Solo donne dalla reputazione scarsa o inesistente mettevano piede nella taverna.

Ma d'altro canto, Priscilla era ben lungi dall'essere la solita debuttante pudica. Non era difficile immaginarla mentre faceva irruzione nel Duca Malandrino a dorso di cammello. Forse Thad avrebbe dovuto lasciar perdere i giardini di piacere e vedere se–

"Middleton," lo chiamò un altro dei suoi amici. "Domani andrete da Tattersall's a vedere i nuovi cavalli da corsa?"

"Ne dubito," rispose lui.

A differenza del Duca Malandrino, Tattersall's non permetteva l'ingresso alle donne, indipendentemente dalla loro reputazione. Thad intendeva limitarsi ai luoghi notoriamente frequentati da Priscilla.

A ogni modo, quella sera aveva promesso a sua cugina Diana di incontrarla vicino alla zona ristoro. Il sole stava calando, il che significava che Diana e suo marito stavano per finire il pasto.

Thad non allungò il passo. I Colehaven si sarebbero fermati ad ascoltare l'orchestra, e poi, la serata era troppo bella per affrettarsi tenendo lo sguardo fisso sul terreno.

Vauxhall era il suo giardino di piacere preferito e uno dei luoghi più affollati di Londra. Thad adorava sognare a occhi aperti le affascinanti biografie che gli passavano accanto in tutte le direzioni. Funamboli, venditori di pasticci, giardinieri, flautisti, servitori della famiglia reale. Avrebbe potuto scrivere di una persona diversa ogni giorno della settimana senza mai essere costretto a lasciare il parco.

L'energia delle infaticabili fioraie. Un sorriso segreto scambiato tra una lattaia e un fruttivendolo. Gli incontri segreti che si svolgevano nella famigerata Passeggiata Buia quando il sole svaniva alla vista.

Se non fosse stato per il suo appuntamento con Diana, Thad sarebbe stato felice di sedersi su una panchina con la sua matita e un diario, prendendo appunti per il resto della serata.

Sarebbe stato ancora più felice se fosse riuscito a intravedere Priscilla…

Per quanto si impegnasse, non riusciva a tenerla fuori dalla sua mente per più di un momento. Il loro bacio era stato indimenticabile, le loro lettere diventavano sempre più divertenti, profonde e intime, e tuttavia lui *sapeva* di non poter sperare in una favola con lei.

Il lieto fine non arrivava per chiunque lo desiderasse. Dipendeva dalla sorte e le loro non sembravano intrecciate.

Questo non aveva impedito a Thad di dedicare un intero diario a Priscilla, naturalmente. Lui catturava ogni singola parola che riuscisse a ricordare, ogni emozione, ogni storia. Anche quelle che lei non raccontava.

Il padre e il nonno della giovane avevano preferito l'avventura alle donne che li amavano. Sua madre l'aveva lasciata sola per altre ragioni. Sua nonna era altrettanto lontana, pur non uscendo mai di casa. Thad non biasimava Priscilla perché voleva qualcosa di diverso; qualcosa *di meglio*.

Il fatto che tutto ciò non diminuisse l'amore di Priscilla nei confronti della sua famiglia le rendeva un grande onore. Il suo amore era puro e incondizionato. Chi avrebbe potuto non ammirare una donna che amava in quel modo?

"Middleton!" Il duca di Eastleigh e la sua sposa novella si fermarono a salutarlo. "Per favore, ditemi che non state evitando il Duca Malandrino perché Marsh si è inalberato per la nuova porter. Quell'uomo sostiene che la sua sia migliore di quella di Cole."

Il capo birraio della taverna era sempre inalberato per qualcosa. Ciò non aveva mai impedito a Thad di godersi le libagioni.

"Ho avuto da fare," disse lui, cambiando argomento. "Come va il progetto della biblioteca circolante?"

Il duca e la duchessa si scambiarono un'occhiata colma d'amore. "Ci stiamo dando da fare per accumulare un primo inventario," rispose Eastleigh.

Thad si impegnò fortemente a non invidiare Eastleigh per il fatto che questi aveva superato le avversità e ritrovato il suo amore perduto. Poteva il destino essere più romantico?

Lui sapeva cosa ciò significava, naturalmente.
Non Priscilla.

L'alternativa peggiore possibile sarebbe stata una persona che voleva qualcos'altro, una persona con un piede fuori dalla porta, una persona con delle possibilità migliori.

Le mani Thaddeus si coprirono di sudore di fronte al terrore familiare. Poteva anche esserci la scintilla, ma lo stesso valeva per la paura di compiere lo stesso errore di suo padre. L'ultima cosa che Thad voleva era innamorarsi di una persona che non sarebbe mai stata felice di averlo sposato... o che non lo avrebbe sposato per niente.

Sarebbe rimasto distrutto se avesse sposato la ragazza che adorava solo per vederla disinnamorarsi di lui perché Thad non poteva essere ciò di cui lei aveva bisogno. Quella non era una strada che lei volesse percorrere. Serrò la mascella con determinazione.

Per la donna giusta, lui *sarebbe stato* l'alternativa migliore. Era quello che avrebbe fatto di lei Quella Giusta e l'avrebbe elevata al di sopra delle altre. Nessuno dei due avrebbe mai avuto il dubbio di essersi accontentato di qualcosa di meno di ciò che avrebbe voluto. L'amore non sarebbe mai inacidito nel risentimento. Ci sarebbe stato solo un lieto fine.

"Thad!" Un volto familiare fece capolino da uno dei tavoli al coperto e gli fece segno di avvicinarsi.

Sorridendo, Thad raggiunse sua cugina. "Diana!"

"Vostra Grazia la duchessa di Colehaven," lo corresse lei con un sorriso ironico. "È così che funzionano i titoli."

Thad spalancò gli occhi. "Non sono esperto di titoli, signora. Non ne ho mai avuti."

Diana lo colpì sulle nocche col ventaglio. "'Vostra Grazia', prego."

"Ahi!" Thad scrollò le dita, fingendo di scacciare il dolore. "Perché hai un ventaglio? È marzo. Ed è *sera*."

"Siamo arrivati prima del tramonto," rispose cerimoniosamente sua cugina. "E poi, c'è un caldo fuori stagione. Ricordi un'altra serata così limpida?"

Thad lanciò un'occhiata alle stelle che riempivano il cielo e dovette ammettere che era davvero una serata eccezionale.

"Com'è andata la cena?" chiese.

Lo sguardo di Diana si illuminò. "Come prima portata, i camerieri hanno servito grandi vassoi colmi di–"

Ma Thad non stava più ascoltando. Aveva appena posato lo sguardo su due giovani donne che si stavano dirigendo proprio verso di loro. Una era lady Felicity, sorella minore del duca di Colehaven. E l'altra era...

Priscilla.

La giovane era molto più bella di qualunque fiore messo in mostra nei giardini di piacere. Ciò non era dovuto ai morbidi riccioli di capelli biondi o alla pelliccia scarlatta che copriva un abito blu mezzanotte, ma alla donna in sé. Cocciuta, sicura e intelligente. Nulla poteva mozzare il fiato di Thad come una rapidissima occhiata a quella donna.

"Se ti piace," disse Diana in tono di asciutto divertimento, "dovresti formalizzare la cosa."

"Come?" balbettò Thad, che si era improvvisamente reso conto di aver interrotto sua cugina a metà di una frase per fissare a bocca aperta una delle sue amiche. "A me non piace un bel niente.

Sono scarsamente piacente. Un avaro di piacimento."

"Falso. Avevi un'espressione che di solito riserbi per cuccioli e gattini," disse Diana. "Era la tua faccia da *ahhh*. La tua faccia da 'Ho voglia di coccole.' La tua faccia da 'La voglio tra le mie braccia.' E la stavi facendo a… Priscilla."

"Cosa?" farfugliò lui. "Priscilla. Non ho mai pensato a lei se non–"

Ma Diana era già piegata in due dal ridere. "Prova a negarlo *adesso*, cugino. Ti sfido. Stavi facendo a Priscilla la faccia da *ahhh*. La faccia da *ohh*. La–"

"Quando vorrò la tua opinione," ringhiò sottovoce Thad, "te lo dirò."

"Nessuna scintilla?" chiese Diana in tono innocente.

"Diverse scintille," ammise lui. "Ma lei vuole essere l'eroina di una storia diversa." Thad distolse lo sguardo. "Non importa cosa voglio io, se non lo vuole anche lei."

"Parla con lei," suggerì Diana. "Dille che ti piace almeno quanto la tua gattina."

"Sono felice che tu sia un problema di Colehaven, ora," la informò lui, per poi incamminarsi verso Priscilla.

Quando lei lo vide, la sua espressione si trasformò in maniera sospettosamente simile a una faccia da *ahhh* prima che ella abbassasse la saracinesca su ogni sua emozione e mormorasse qualcosa nell'orecchio della sua accompagnatrice.

Felicity deviò immediatamente verso il tavolo dei Colehaven.

Priscilla rimase dalla parte opposta dello spazio aperto, circondata da correnti di passanti che andavano e venivano dai viali curatissimi.

Thad la raggiunse in dieci passi.

"Non qui," sibilò la giovane prima che lei potesse anche solo salutare.

Priscilla svanì dietro a una siepe, non lasciandogli altra scelta che seguirla.

"Dove stiamo andando?" bisbigliò Thad.

"Non possiamo scambiarci effusioni in pubblico," sibilò in risposta Priscilla.

Thad fu entusiasta di sentirle ammettere che tra di loro c'era qualcosa di più di semplici scintille e ancora più entusiasta di fronte al sottinteso che lei avesse pienamente intenzione di tornare tra le sue braccia.

La giovane lo attirò nelle ombre labirintiche della Passeggiata Buia e si voltò verso di lui.

Probabilmente. Thad non riusciva a vedere nulla, se non la sua sagoma.

"Mi siete mancata," disse all'oscurità.

Due mani morbide si infilarono nelle sue. "Anche voi."

Il suo cuore spiccò un balzo di gioia. Ma il suo cervello era più assennato. Sarebbe stato terribile quando lei sarebbe partita.

"Lasciate che scriva una biografia su di voi," disse d'impulso.

Questo avrebbe dato loro una ragione per trascorrere più tempo insieme. E avrebbe prodotto qualcosa che lo avrebbe aiutato a ricordare Priscilla quando lei se ne sarebbe andata.

La risata calda di Priscilla lo solleticò nell'oscurità. "Non c'è nulla da scrivere. Aspettate che diventi un'avventuriera famosa."

Ma entrambi sapevano che non sarebbe mai accaduto. Una volta andata via, Priscilla non sarebbe più tornata.

"È meglio cominciare subito," insistette lui. "C'è sempre una Prima Parte, che precede il momento in cui l'avventuriero famoso diventa tale. Più tardi, sarà troppo difficile rintracciarvi. Tutte le informazioni arriveranno da citazioni in articoli di giornale."

Il silenzio si prolungò tra di loro. Thad non sapeva se il quadro da lui dipinto portasse a Priscilla gioia e dolore.

"D'accordo," disse infine la giovane. "E quando voi sarete diventato un biografo famoso, sarò io a poter dire ai miei colleghi avventurieri: '*C'est mon cher* Taddheus! Ah, lo conoscevo già molto tempo fa'."

La reazione viscerale di Thad a *quella* immagine fu decisamente dolceamara. Non c'era alcuna speranza di qualcosa di più?

Lasciò cadere le mani e le portò invece a circondare il viso di Priscilla.

"Cosa state facendo?" chiese lei a voce bassissima.

Thad abbassò la testa verso la sua. "Attendo un segno."

Proprio quando le sue labbra toccarono quella giovane, l'orchestra cominciò a suonare, colmando l'aria attorno a loro di un crescendo di musica e bellezza.

Thad se ne accorse a malapena. La bocca di

Priscilla era sotto la sua e le mani di lei erano nei suoi capelli. Non riusciva a pensare ad altro che a stringerla ancora per un po', a tenersi stretto il suo calore, a imparare a memoria ogni istante.

Ogni volta che il corpo di lei premeva contro il suo, ogni volta che le loro lingue si toccavano, ogni volta che il suo cuore in tumulto spiccava un balzo, lui si proiettava in lei e lei in lui, fino a quando non parve che l'unica cosa al mondo fosse il loro bacio.

Con ogni bacio, con ogni carezza, Thad le disse esattamente cosa provava. Non era amore, si rassicurò disperatamente. Non ancora. Ma ci andava pericolosamente vicino. Thad era a un passo dalla sua più grande avventura, oppure sull'orlo della disperazione.

Non sarebbe stato presente nella Seconda Parte della storia di Priscilla, ma quel che era dannatamente certo era che sarebbe stato più di una nota a piè pagina nella Prima Parte. Che ella oltrepassasse il mare infinito o attraversasse faticosamente un deserto africano, ogni volta che le sarebbe tornato in mente il mondo che si era lasciata alle spalle, Thad voleva che ad apparire fosse *quel* momento, *quel* bacio, *quell'*abbraccio. L'uomo le cui braccia la stringevano così forte.

E mentre la sua bocca affamata copriva ancora una volta quella di lei, il cielo si colmò di fuochi d'artificio.

CAPITOLO 9

I colorati fuochi d'artificio che esplodevano sopra le loro teste seguivano lo stesso ritmo sincopato del cuore in tumulto di Priscilla. Lei si aggrappò a Thaddeus; l'intimità del viale isolato la lasciava libera di baciarlo a piacimento.

Ma poteva esistere una quantità sufficiente di baci?

Lei non lo sapeva e, in quel momento, non gliene importava nulla. Le uniche cose importanti erano la sensazione delle braccia forti di Thaddeus e il calore dei suoi baci inebrianti.

Era più del calore della pelle dell'uomo, della sua forza tenace sotto le mani di lei. Quando era con lui, Priscilla si sentiva al centro del suo mondo. L'attenzione di Thad non si allontanava mai, il suo sguardo non vacillava mai, il suo abbraccio era sempre pronto e in attesa di accoglierla.

Nessuno poteva essere più affidabile di Thaddeus; eppure, dipendere da lui, fare affidamento

sulla sua presenza, era una tempesta troppo pericolosa per poterla affrontare. Priscilla poteva con-
tare solo su se stessa. Come la vita le aveva
insegnato più e più volte. Tuttavia, era una gran
tentazione fidarsi, lasciarsi andare, esprimere un
desiderio.

Erano già rimasti lontani dagli altri troppo a
lungo. Lei lo sapeva; probabilmente, lo sapeva
anche lui. E tuttavia, lo spettro del dover abbando-
nare il suo abbraccio la spingeva a stringersi ancora di più a Thaddeus.

Il loro primo bacio era stato magico, ma quello
era ancora meglio. Era *familiare*. Sicuro e di conforto, ma al tempo stesso incauto e liberatorio.
Quello era il bacio di due persone che si erano se-
parate solo per ritrovarsi e avere ancora di più.

Priscilla non avrebbe mai potuto saziarsi di un
bacio così potente.

Fintanto che badavano a non dare spettacolo in
pubblico, dovevano davvero fermarsi? Potevano
condividere momenti del genere in privato...
anche se solo temporaneamente.

La realtà minacciò di intromettersi in quel momento romantico, ma Priscilla la scacciò. Thaddeus sentiva la sua mancanza. La voleva. Lei era
sempre la benvenuta tra le sue braccia. La sensazione inebriante era troppo salvifica e lusinghiera
per voltarvi le spalle.

Peggio ancora, lei corrispondeva i sentimenti
dell'uomo. I giorni trascorsi senza di lui, le ore terribili tra una lettera e l'altra, sembravano ora una
tortura troppo crudele per poterla sopportare.
Priscilla sentiva la sua mancanza, dannazione. Lo

voleva e lui voleva lei. Non intendeva lasciare che ciò le sfuggisse di mano. Non poteva permettersi di avere *bisogno* di Thaddeus.

Tuttavia, la sensazione era proprio quella. Là fuori, tra le ombre, le sue labbra premevano contro quelle di lui mentre il vento le scompigliava i capelli e il suo cuore batteva contro quello di Thaddeus.

Con lui, si sentiva più a casa di quanto si fosse mai sentita nella dimora in cui era cresciuta. Quelle mura erano fredde; le braccia di Thaddeus erano calde. Quelle finestre erano serrate; il cuore di Thaddeus era spalancato. Quelle stanze erano immobili e immutabili; Thaddeus era passione, movimento, colori, entusiasmo e avventura.

Presto, Priscilla avrebbe passato l'età da marito. Sarebbe diventata una zitella. Non un fiore appassito, ma uno che non era mai sbocciato. Ogni stagione che passava, ogni valzer a cui lei rinunciava, ogni minuto trascorso sullo sfondo era un altro mattone aggiunto al muro.

Quello era il gioco. L'obiettivo. Diventare una non-rispettabile esploratrice ed esserne orgogliosa. Un biglietto di sola andata per l'avventura. Era ciò che lei aveva sempre voluto. Ciò che stava per ottenere. E tuttavia, avrebbe tanto voluto potersi lasciare una porta aperta alle spalle.

Non poteva permettersi di innamorarsi. Non importava quanto piacevole fosse Thaddeus. Non importava quanto disperatamente il corpo di Priscilla volesse congiungersi con quello di lui. Aveva già detto addio a troppe persone che amava. Non sarebbe sopravvissuta all'aggiunta di un nuovo nome in quell'elenco.

Tremando, si costrinse a interrompere il bacio. Si aspettava che lui le avrebbe chiesto il perché.

Se avesse detto la verità riguardo alla sua eredità, la sua confessione avrebbe automaticamente infranto i termini dell'eredità stessa. Ma Thaddeus si era rivelato degno di fiducia. Senza dubbio, era capace di tenere un segreto. Fin dal principio, lei lo aveva avvisato che qualunque cosa ci fosse stata tra loro sarebbe stata temporanea, ma cominciava ad avere la sensazione che lui meritasse di conoscere la vera ragione.

Thaddeus non le chiese nulla.

Né la costrinse a tornare tra le sue braccia o cercò di baciarla di nuovo.

Invece, premette le labbra contro la sua fronte. "Sarà meglio che torniate indietro quando abbiamo ancora la saggezza per separarci."

Priscilla non sapeva esattamente quanta forza di volontà le rimanesse, ma si alzò a premere per un'ultima volta le labbra contro quelle di Thaddeus, quindi tornò di corsa alla dura luce della realtà.

Ciò non l'aiutò a cancellare la magia del bacio di Thaddeus.

Lo sentiva ancora sulle labbra ore dopo, quando il cocchiere portò lei e le sue cameriere a casa. Quella sera, sarebbe andata subito a letto e avrebbe sognato Thaddeus in un mondo alternativo dove entrambi potevano aver ciò che volevano… compresi l'un l'altra.

"Vieni subito qui!" esclamò una voce brusca prima che lei raggiungesse le scale.

Priscilla si voltò con stupore verso il salotto formale. A quell'ora, la nonna dormiva sempre.

Entrò nel salotto privo di vita, stupendosi del fatto che il suo interno semibuio sembrasse molto più cupo della Passeggiata Buia. Sperò che non l'attendessero sorprese sgradevoli.

"Sì, nonna?"

"Dov'eri?" volle sapere sua nonna.

Tra le braccia di un uomo.

Sulla Passeggiata Buia.

A baciare.

"A Vauxhall," rispose. "Con lady Felicity. Te l'avevo già detto."

"E io ti ho detto di smetterla di giocare e di trovarti un marito," esclamò la nonna. "Se anche devi prenderlo in trappola, fallo."

Priscilla rimase a bocca aperta. "Non vorrai dire–"

"Con me ha funzionato," disse sua nonna in tono piatto.

Tu credi? avrebbe voluto chiedere Priscilla mentre ficcava l'attizzatoio tra le braci per fare un po' di luce in più.

"È arrivato un pacco." La nonna indicò un involucro di carta marrone sul tavolino da tè. "È per te. È del signor Middleton?"

Priscilla non rispose. La nonna doveva essere giunta a quella conclusione da sola, o dal pacco in sé, o dal lacchè che lo aveva portato, o dal semplice fatto che quella casa non aveva mai ricevuto lettere da un uomo che non fosse Thaddeus.

La nonna tirò su col naso. "Sposalo."

"No." Priscilla si voltò per fronteggiarla. "Non voglio un marito. Perché dovrei? Tu non sei felice e non lo è stata nemmeno la mamma."

"Tua madre era troppo debole." La nonna fece una smorfia, il tono di voce sprezzante. "L'ho capito fin dal giorno in cui mio figlio l'ha sposata. Ti ho cresciuta più forte di così. Più resistente."

"Tu *non* mi hai cresciuta," esplose Priscilla. "Sei rimasta nella tua stanza per ventisette anni mentre io crescevo in un'altra. E mia madre non era 'debole'. Era *triste*. Tuo figlio l'ha abbandonata meno di un anno dopo il loro matrimonio–"

"Lei sapeva chi e cosa lui era quando lo ha sposato," disse la nonna. "Tutti facciamo delle scelte."

"–e lei è morta di crepacuore." Le mani di Priscilla si chiusero a pugno.

"È morta per sua stessa mano," esclamò la nonna. "Te l'ho detto: era debole."

Priscilla faticò a respirare. Nessuno le aveva mai detto quelle parole, ma lei aveva capito la verità già a nove anni.

Forse era *davvero* più forte di sua madre; era stata costretta a esserlo dalla necessità, oppure sarebbe morta di crepacuore lei stessa al pensiero che lasciare sola una ragazzina spaventata non fosse stata una ragione sufficiente per spingere sua madre a vivere.

"Forte," mormorò. "Sono forte."

"Sei lenta," la corresse sua nonna. "Mi aspettavo che tu ti saresti già sposata."

"Grazie a cosa?" esclamò Priscilla. "Io non ho

titoli, non ho dote… Ho dovuto imparare a leggere da sola–"

"Gli uomini non vogliono una donna intelligente," ribatté la nonna. "Vogliono una donna docile. Regale. Vogliono una donna che sappia stare al suo posto."

"Io non so quale sia il mio posto," disse Priscilla, il mento alto, "perché non ho intenzione di averne uno. Trascorrere il resto della mia vita andando all'avventura, svegliandomi ogni mattina di fronte a un giorno pieno di meraviglie e di sorprese–"

"Tu odi le meraviglie e le sorprese," disse la nonna in tono sprezzante. "Sostieni che l'idea dell'ignoto ti piaccia, ma hai fatto di tutto per conoscere e predire ogni singolo elemento del tuo ambiente."

Il fiato di Priscilla le si mozzò in gola e lei si circondò il petto con le braccia. "Io…"

"Persino il tuo maledetto pappagallo sa citare Debrett," proseguì la nonna. "Vai da Almack's tutti i mercoledì–"

"È il Mercato dei Matrimoni," protestò Priscilla.

"Tu non stai cercando marito," osservò la nonna. "Tu partecipi all'evento più prevedibile di tutta Londra. E dov'eri questa sera?"

"A Vauxhall," ripeté Priscilla. "Ed è stato molto, molto sorprendente."

"Ne dubito," disse con disprezzo la nonna. "Gli eventi sono pubblicizzati su tutti i muri di Londra–"

"Tu non esci mai di casa! Come fai a saperlo?"

"Ti porti a casa i volantini," disse con soddisfazione la nonna. "Me lo hanno detto le cameriere. Tutti i volantini, tutti i biglietti, ritagli di tutti i giornali…"

Priscilla si affondò le unghie nei palmi e serrò i denti. Non poteva confessare di aver accumulato frammenti della sua vita in un album che intendeva consegnare a suo padre.

Quando questi sarebbe tornato e le avrebbe chiesto cosa lei avesse fatto, avrebbe potuto sfogliare la vita di Priscilla una pagina dopo l'altra. Vedere tutto ciò che si era perso. E poi avrebbe chiuso quel libro e lo avrebbe lasciato dov'era, perché il resto della vita di sua figlia lo avrebbero vissuto insieme.

"Non dirmelo," disse disgustata sua nonna.

Le guance di Priscilla avvamparono. La sua espressione l'aveva tradita.

"Lui tornerà," disse con fermezza. "E anche se non lo facesse, me ne andrò io."

La sua nuova vita, la sua vita entusiasmante, favolosa, avventurosa, la stava aspettando. Lei doveva solo raggiungerla.

"Lui non tornerà," disse sua nonna in tono piatto.

"Sì, invece," disse Priscilla. "Lo faranno entrambi. Hanno promesso."

La mamma e la nonna erano state entrambe il ritratto della perfezione ed erano state lasciate a casa. Priscilla era stata una bambina curiosa ed esuberante ed era stata lasciata a casa. Ma quello era il passato. La situazione era cambiata. Lei non era più una bambina.

Il pensiero che papà e il nonno *non* la stessero aspettando, che *non* sperassero di vederla, che *non* stessero aspettando con ansia il suo arrivo era troppo brutto per prenderlo in considerazione.

Ma anche se la nonna aveva ragione, la cosa non aveva importanza. Priscilla era un'adulta. Una volta ottenuta la sua eredità, non avrebbe avuto bisogno di nessuno. Sarebbe potuta diventare un'intrepida avventuriera con o senza suo padre e suo nonno.

Una volta visto il suo coraggio e la sua forza d'animo, sarebbero stati *loro* a dispiacersi di averla lasciata a casa.

"Cos'hai tu che loro vogliano?" chiese sospirando sua nonna.

Molto poco, forse. Ma se non altro, non sarebbe stata una croce.

Aveva gestito sapientemente il suo spillatico da quando aveva cominciato a riceverlo, all'età di quindici anni. I conti presso i commercianti di tessuti e gli altri negozi erano a nome di suo nonno e, probabilmente, il suo appannaggio annuo di cinquanta ghinee avrebbe dovuto essere destinato ai piaceri e agli orpelli. Era il doppio di quello che guadagnava la governante in capo e pari allo stipendio del maggiordomo, ma molto più di quanto Priscilla necessitasse.

Così, lei aveva messo da parte la metà del suo appannaggio ogni anno. Ora, la cifra accumulata era arrivata a duecento sterline: circa la metà di quello che avrebbe guadagnato ogni anno sotto forma di interessi sul suo fondo fiduciario. Non era certo ricca, anche se era convinta che papà e il nonno sarebbero stati orgogliosi della sua intraprendenza.

Ma non lo faceva per loro. Quelle duecento sterline erano destinate a essere spese per inviare lettere e doni alla nonna, una volta che Priscilla sarebbe potuta finalmente partire per la sua vera vita.

"Tu pensi troppo," disse la nonna, come se non ci fosse difetto peggiore. "Ti concentri, ti concentri, ti concentri, ma solo sulle cose sbagliate."

Priscilla scosse la testa. La nonna non la conosceva. Non l'aveva mai conosciuta.

Tuttavia, lei non poteva negare che ci fosse un amaro pizzico di verità in quell'accusa. Era ansiosa di credere di essere una creatura selvaggia, spensierata, che non vedeva l'ora di infrangere le strette regole della società.

La verità era che lei eccelleva nel gioco della società. Al punto che aveva intrecciato sopra di esso un gioco ancor più complesso, solo per avere delle altre regole.

Meno mille punti, si disse acidamente.

"Tuo padre e tuo nonno non torneranno mai," disse la nonna, questa volta senza accalorarsi. "Non pensano a noi. È ora che tu pensi a te stessa."

Priscilla *aveva* pensato. Pensare era tutto ciò che aveva potuto fare per buona parte della sua vita lunga e solitaria. Sedere nella sua stanza e pensare, pensare, pensare a ciò che avrebbe fatto e a dove sarebbe andata non appena avrebbe conquistato la libertà.

Ma la nonna era tutto ciò che le rimaneva e Priscilla non voleva litigare con lei.

"Ti auguro una buona notte, nonna."

Prese il pacchetto di carta marrone dal tavolino da tè e uscì dal salotto senza aspettare una risposta.

L'esperienza le insegnava che essa non sarebbe arrivata tanto presto.

Si recò in camera sua e si sedette sul primo sgabello con le gambe rigide. Con le mani che tremavano, scostò lo spago dagli angoli e disfece il pacchetto. Un sorriso amaro le sfiorò le labbra. Thaddeus la conosceva più di chiunque altro.

Due libri di viaggi in Africa. Tre mappe diverse. E un piccolo diario malconcio.

Accigliandosi, Priscilla prese in mano il diario e lo aprì alla prima pagina:

Signorina Priscilla Weatherby,
Avventuriera

(bozza in lavorazione)

*P*riscilla chiuse di scatto il diario e se lo premette al petto, dove martellava il suo cuore.

Thaddeus non aveva *intenzione* di scrivere una biografia su di lei. Aveva già cominciato. L'opera era tra le sue mani.

Priscilla riaprì il libro, ma le pagine erano rese

illeggibili dalle lacrime. Si asciugò gli occhi con la mano chiusa a pugno e si concentrò sulla prima frase. Era brava a concentrarsi. Thaddeus aveva realizzato quell'opera.

Per lei.

Quando arrivò all'ultima pagina, le lacrime erano svanite, ma il buco nel suo petto era diventato più grande.

Thaddeus aveva un talento straordinario. Era attento, profondo, arguto. La faceva sembrare forte e sicura, fresca e affascinante. Tutto ciò nonostante una vita fatta di puro nulla. Sarebbe stato un biografo fenomenale. Uno scrittore di grandissima fama.

Ed era ossessionato da lei… per il momento.

Nessuna musa durava per sempre. Cosa sarebbe accaduto quando qualcuno o qualcosa di meglio fosse arrivato? Perché accadeva sempre così. Se la sua famiglia le aveva insegnato qualcosa, era che l'amore era irrilevante. Gli uomini seguivano sempre gli oggetti più luccicanti. Non importava quanto avessero un tempo amato il gioiello che si lasciavano alle spalle.

Forse non erano 'gli uomini' il problema. Forse era Priscilla a essere facile da lasciare a casa. Una meteora: entusiasmante per un momento e altrettanto facile da dimenticare. Non abbastanza per volersela tenere vicino per sempre.

Priscilla mise da parte il diario e andò a liberare il pappagallo dalla gabbia.

Non aveva bisogno di un uomo. Aveva bisogno di avventura. Aveva se stessa e aveva Koffi.

"Tè e dolcetti?" disse speranzoso il pappagallo.

Priscilla cercò a tentoni la tabacchiera e gli diede una leccornia. Se l'era meritata.

Anche se nessuno fosse venuto a prenderla, loro due sarebbero partiti comunque. Priscilla aveva fatto una promessa. Altri potevano infrangere le loro, ma non lei.

Tese un dito perché Koffi vi si appollaiasse.

"Non preoccuparti," gli disse. "Se mi lascerai quando arriveremo là, ti prometto che non piangerò."

Koffi ignorò il suo dito e volò in alto, dove lei non poteva raggiungerlo.

"Addio, amore mio!" starnazzò. "Addio!"

Priscilla chiuse la tabacchiera e prese in mano la sua pila di mappe e diari di viaggio. Se anche Koffi era pronto ad andarsene… Lei avrebbe dovuto prepararsi anche a quel giorno.

Nel momento in cui aveva spedito il pacco, Thad si era pentito di aver perso di vista il suo manoscritto. Non era pronto. *Lui* non era pronto. Forse non lo sarebbe mai stato. Perché, perché aveva spedito quel pacco? Di tutti i doni idioti che un uomo poteva fare una donna…

Aveva trascorso la notte in preda a una tensione e a un nervosismo troppo grandi per fare qualcosa di tranquillo come *dormire*.

La situazione non era migliorata al mattino. Le cinque erano troppo presto per fare visite di cortesia e l'alba, due ore dopo, non aveva portato grandi miglioramenti.

Colazione? Come avrebbe potuto? Il suo stomaco era troppo occupato a fare i salti mortali per accettare del pane tostato o persino del tè. E tuttavia, le lancette dell'orologio si muovevano con un languore tremendo. Un centimetro alla volta. Un ticchettio alla volta. *Doveva* riavere quel manoscritto.

Forse Priscilla non lo aveva ancora letto.

Era l'unico pensiero che lo aiutò a sopravvivere a quell'orribile ignoranza.

Le biografie erano la sua passione, non quelle di lei. Priscilla amava l'avventura. Voleva andare in Africa. Di certo, aveva trascorso la notte china su una praticissima guida agli Stati equatoriali occidentali, piuttosto che sprecare tempo a sfogliare un diario spiegazzato e pieno di sciocchezze.

Le otto, le nove, le dieci. Le dieci e un minuto. Quale imbecille aveva decretato che le visite di cortesia mattutine si potevano fare solo tra le undici e le tre, preferibilmente il pomeriggio? La società non comprendeva la definizione di 'mattutino'?

Basta. Sarebbe partito subito. Nel tempo di far portare la carrozza e andare da Jermyn Street a Grosvenor Square, l'orologio sarebbe arrivato almeno... alle dieci e un quarto. Che non era malissimo.

Ciò di cui aveva bisogno era una distrazione. Qualcosa di talmente carino, coccoloso e irresistibile che nessuno si sarebbe nemmeno accorto di lui che si infilava il manoscritto nella giacca e si dava alla fuga.

Ciò deciso, mise Mercoledì nel suo cesto e scese di corsa le scale fino alla strada.

A quell'ora, non c'era molta gente in giro. Il chilometro e mezzo che separava la sua casa da quella di Priscilla passò in un baleno. Prima che il suo baio avesse potuto fermarsi a dovere, Thad stava già scendendo d'un balzo dalla carrozza.

Con suo stupore, non uno, ma due lacchè corsero ad accoglierlo, prendendo cavallo e calesse come se fosse normale che giovanotti con le mani tremanti e gli occhi iniettati di sangue passassero da Mayfair a quell'ora ingrata del mattino.

Thad si rese conto che doveva essere merito della nonna. L'anziana non era stata sottile nell'esprimere il desiderio che la nipote trovasse marito.

In quel momento, da parte sua, Thad non voleva altro che vedere il suo manoscritto.

Portò la mano al battente.

Il maggiordomo spalancò la porta. "Signor Middleton, da questa parte, per cortesia."

Thad non aveva consegnato il biglietto da visita. Né tantomeno detto quale, tra le donne Weatherby, sperava di vedere. Si augurava di non essersi appena ficcato in una trappola.

Quando entrò nel salotto, esso sembrava identico a com'era stato l'ultima volta in cui lo aveva visto. Il che significava che si vedeva ben poco. Pesanti tendaggi bloccavano ogni traccia della luce del sole dell'inizio della primavera e un fuoco triste e apatico illuminava a stento il cupo interno.

"Nonna," stava dicendo Priscilla, ravviandosi una ciocca di capelli dietro l'orecchio. "So che sei preoccupata per me. Anch'io sono preoccupata per te. Ti prometto che non mi dimenticherò di te."

"Tu ti dimentichi di te stessa," esclamò la signora Weatherby. "Il dovere di una giovane donna è sposarsi."

Entrambe voltarono di scatto la testa con espressioni sconcertate quando Thad arrivò inaspettato.

"Ehm," disse lui, inchinandosi il più elegantemente possibile, per quanto gli era concesso dal grosso cesto che aveva appeso a un braccio.

"Immagino che sia qui per vedere il tuo pappagallo." La signora Weatherby tirò su col naso, come se quel movente, da solo, significasse che Thad non era più un corteggiatore adatto.

"A dire il vero," esordì Thad; ma era già troppo tardi.

La signora Weatherby si alzò dalla poltrona, oltrepassò con uno spintone la nipote e uscì dal salotto.

"Deve... detestare proprio il vostro pappagallo," azzardò Thad.

"Koffi non c'entra," disse sospirando Priscilla. "Mia nonna continua a sperare che voi verrete travolto dalla passione mascolina, prenderete possesso di me sul pavimento e sarete costretto a fare di me una donna onesta."

"A dire il vero, sento effettivamente la pressione della passione mascolina," disse gravemente Thad.

Priscilla inarcò un sopracciglio.

"E... il tappeto è *davvero* interessante," proseguì lui, come se stesse soppesando le opzioni a sua disposizione.

La giovane scoppiò a ridere mentre gli veniva incontro al centro del salotto. "Perché siete qui?"

"Per prendere il mio diario," rispose subito Thad. "È mio. Ed è un errore. Non volevo spedirvelo. È solo una bozza. Ha bisogno di essere sgrezzata. Possibilmente gettandola nel fuoco. Ho persino portato delle munizioni, nel caso fosse necessario uno scambio. Non avrei mai dovuto–"

Priscilla gli buttò le braccia al collo e lo zittì con un bacio.

"Stupido," disse quando si interruppe per riprendere fiato. "Il vostro talento è stupefacente. Ho *adorato* il vostro manoscritto. È splendido e lusinghiero, e fa sembrare affascinante persino la mia vita. Diventerete il biografo più famoso che l'Inghilterra abbia mai visto."

"Non so se riuscirei a sopportare che qualcun altro legga il mio lavoro," gemette lui.

"In primo luogo," disse ridendo Priscilla, "è proprio a *questo* che serve la pubblicazione. In secondo luogo, perché scrivete biografie, se non per condividere le vostre splendide storie col mondo?"

"Per sfogarmi?" tirò a indovinare lui. "A volte, quando ho mangiato troppo, mi vengono in mente le cose più assurde–"

"Thaddeus," lo interruppe lei, gli occhi dallo sguardo caldo e sincero. "Voi avete del talento. Dovreste metterlo a frutto. Cosa state aspettando?"

"La sorte?" Thad sollevò i palmi delle mani. Quello che aspettava sempre. Che il destino arrivasse a cavallo di un destriero pallido e lo trascinasse verso il futuro.

"Siete voi a decidere la vostra sorte," disse con fermezza la giovane.

"A dire il vero," spiegò Thad, "il significato del termine è diametralmente opposto…"

"La sorte non è la vita," lo interruppe lei, lo sguardo intenso. "La sorte è aspettare che il futuro venga da voi, piuttosto che impegnarsi per realizzarlo. La sorte è nel palmo delle vostre mani. Le vostre splendide, talentuose mani."

"Le mie mani hanno molti talenti," le assicurò lui. "Ci credereste se vi dicessi che so allacciare un fazzoletto senza bisogno dell'aiuto di un valletto? Forse, invece che un biografo, potrai diventare un allacciatore di fazzoletti professionista, che viaggia da una costa all'altra per aiutare gentiluomini dalla scarsa capacità manuale in–"

"A dire il vero," disse Priscilla, lo sguardo luminoso intenso, "col vostro amore per conoscere persone nuove, mi stupisce che il vostro primo amore non sia il viaggio. Il mondo deve essere pieno di storie da raccontare."

"È vero," confermò Thad. "Tutti hanno una storia da scoprire. Potrei trascorrere il resto della mia vita scrivendo biografie senza nemmeno allontanarmi da Londra."

Quando il sorriso di Priscilla vacillò, Thad si rese conto che lei non aveva pensato a ipotetiche biografie, ma alla possibilità che i loro futuri si congiungessero.

Thad non doveva per forza lasciare Londra, anche se non gli sarebbe dispiaciuto farlo se ciò avesse significato più tempo da trascorrere con Priscilla. Qualunque vacanza sarebbe stata più piacevole con lei al suo fianco.

Ma non avrebbe mai voluto lasciare completamente casa sua. Gli *piaceva* avere un luogo familiare a cui tornare. Uno scaffale dove trovavano posto i suoi diari, una comoda poltrona davanti al fuoco, un bel punto di osservazione dal balcone.

Aveva sperato di condividere tutto ciò *con* sua

moglie, piuttosto che abbandonarlo per cercare di conservare lei.

"La verità è…" esordì.

Fu salvato dal dover dire ciò che già sapevano entrambi da un'improvvisa esplosione di attività nel cesto sotto il suo braccio.

"Cosa," chiese cordialmente Priscilla, "è *quello*?"

"La mia gattina," annunciò lui, come se nemmeno Brummel potesse uscire di casa senza un elegante gatto sulla spalla.

Priscilla lo fissò confusa. "La vostra cosa?"

Thad sollevò un angolo del cesto.

Una zampina bianca e nera fece capolino.

"Gattina," ripeté allegramente lui. "Ho portato Mercoledì a conoscere Sabato. O Konan a conoscere Koffi. Non mi capita tutti i giorni di poter mescolare lingue e giorni della settimana in una sola presentazione."

"Avete portato un gatto," disse lentamente Priscilla "a conoscere il mio pappagallo."

"Mercoledì è una gatta bene educata," le assicurò lui. "Molto bene educata. Educatissima."

Priscilla strinse gli occhi con aria minacciosa. "Se dovessi vedere un singolo artiglio avvicinarsi al mio pappagallo…"

"Niente artigli," mormorò Thad al cesto.

La zampina svanì sotto al coperchio.

"Vi avverto," disse Priscilla a Thad, per poi voltarsi verso il corridoio.

Lui la seguì nel salotto dove viveva Koffi e posò il cesto sul pavimento.

Priscilla si recò non alla gabbia, ma al cordone.

Thad rimase stupito. Era un po' tardi per scongiurare i loro numerosi baci rubati.

"Chiamate uno chaperon?" chiese.

"Delle guardie," rispose lei. "Mi fido di voi, ma non mi sono mai fidata dei mercoledì."

Una domestica esitante apparve in corridoio e si torse le mani appena fuori dalla soglia. "La signora Weatherby ha detto…"

"Di lasciare che signor Middleton prenda possesso di me," concluse seccamente Priscilla. "Ne prendo atto. Nel caso la situazione dovesse farsi bollente, potrai andartene. Nel frattempo, quest'uomo sta per far uscire il gatto dal sacco. Se il gatto dovesse attaccare Koffi… colpisci il signor Middleton con una padella."

La cameriera lanciò un'occhiata sconcertata a Thad.

"Va bene così," le assicurò lui. "Soprattutto perché vedo che avete dimenticato la padella."

Ciò detto, Thad si sedette e tolse il coperchio al cesto.

Mercoledì si arrampicò subito fino al bordo e lanciò occhiate colme di gioia al nuovo campo da gioco che la circondava. Rotolò fuori del cesto con gioia, mettendosi supina per sfregare la schiena contro punti a caso del tappeto, come se stesse cercando l'angolo più comodo della stanza.

"È… un gattino," disse la cameriera.

"Si chiama Mercoledì," disse con affetto Thad. "È molto feroce. Un giorno, potrebbe uccidere senza pietà dei poveri piccioni innocenti. Ma io le ho parlato con molta fermezza del nostro trattato di pace coi pappagalli grigi africani e lei mi assicura di aver capito."

"Sarà meglio per lei," disse cupamente Priscilla, aprendo la gabbia di Koffi.

Il pappagallo volò subito fuori, dritto verso Mercoledì, il che spinse Thad a balzare allarmato in piedi.

Mercoledì rotolò sulla schiena e agitò le zampine da gatta nell'aria.

Stupito, Koffi virò verso il soffitto per esaminare la nuova arrivata dal riparo del bastone di una tenda.

Avendo perso interesse, Mercoledì si rialzò di scatto e cominciò a gironzolare per il bordo circolare rialzato del tappeto centrale. Artigli su legno. Zampe sul tappeto. Artigli su legno. Zampe sul tappeto.

Furtivamente, Koffi planò nuovamente verso l'usurpatrice.

Mercoledì rotolò sulla schiena e agitò una zampina nell'aria.

Koffi cambiò immediatamente direzione, scegliendo una finestra diversa su cui appollaiarsi.

Mercoledì cominciò a leccare lo scaffale più vicino.

Priscilla guardò Thad.

Lui guardò lei.

Koffi planò di nuovo, questa volta più coraggiosamente.

Mercoledì si rovesciò, il posteriore appoggiato su uno scaffale e la testa che dondolava sul terreno. Agitò una zampina verso l'aria.

Koffi si levò per andare ad appollaiarsi sulla finestra più vicina.

"Credo che stiano… giocando?" tirò a indovinare la cameriera.

"Ne sono convinta anch'io." Priscilla raggiunse Thad sul divano. "Solo voi potreste avere una gattina amichevole e amabile quanto voi."

Thad si fermò nell'atto di passarle un braccio attorno alle spalle.

Amore.

Sebbene fosse stata palesemente intenzione di Priscilla di fare un complimento alla sua gattina in maniera affettuosa piuttosto che romantica, le emozioni di Thad nei confronti di Priscilla non erano nemmeno lontanamente così spensierate.

Lui la amava.

Amore affettuoso, amore romantico, amore da denudarsi. Tutto quanto.

Riusciva facilmente a immaginare la favola. Un amore osteggiato dalla sorte e uno splendido matrimonio. Un cottage accogliente e vacanze all'estero. Un gatto, un pappagallo, un bambino o tre. Una casa piena d'amore, romanticismo e risate.

Per lui, suonava perfetto.

Per lei, suonava come… un fallimento. Come un accontentarsi. Come una resa.

Ma, e se Thad fosse riuscito a convincerla del contrario? Non poteva scalare l'Himalaya o portarla in fondo al mare, ma poteva offrirle una casa felice, vacanze annuali e una vita colma di amore. Di certo, sarebbe stata un'offerta allettante quanto una serie infinita di faticose esplorazioni. Giusto?

"In via del tutto ipotetica," esordì, "se voi doveste scegliere tra, diciamo, undici mesi all'anno su una nave in cambio di poche settimane di avventura e sposare un uomo che–"

La cameriera si diede alla fuga come se la sua cuffia avesse preso fuoco.

"Non importa cosa abbia quest'uomo," disse Priscilla, "a meno che ciò che possiede non sia una sete insaziabile di avventura. Alcune persone si limitano ad andare in vacanza. Non la sottoscritta. Una vacanza è qualcosa che si fa per evitare per un po' la vita vera. Io voglio che l'avventura *sia* la mia vita. Quando ogni giornata è meravigliosa, non c'è motivo per volere pause."

"Ma quanto è realistico tutto ciò?" chiese con delicatezza Thad. "Capisco che è il vostro sogno, ma non mi sembra molto concreto. Come potreste permettervi delle avventure del genere? Con chi viaggereste?"

Priscilla non parve una donna che si era appena vista buttare in faccia la dura e fredda verità, ma piuttosto una donna che stava per farlo a sua volta.

"Io non ho dote," disse infine. "Ma c'è un fondo fiduciario di cui non dovrei parlare. Se sarò ancora nubile il giorno del mio venticinquesimo compleanno, erediterò una forte somma di denaro. Potrò viaggiare con mio padre e mio nonno, o crearmi un entourage tutto mio. Come prima tappa, Koffi e io andremo in Africa. E poi..." Priscilla indicò gli scaffali pieni di mappamondi e libri di viaggi. "Non smetterò più di viaggiare."

Thad non poté nascondere il disappunto.

Il fatto che Priscilla non avesse dote non significava nulla. Lui non ne stava cercando una. Ma *lei* sì. Un'eredità che le avrebbe consentito di fare ciò che desiderava. E ciò che desiderava era... andarsene.

Thad si lasciò ricadere il braccio in grembo. Tenerlo attorno a Priscilla non era altro che un pio desiderio.

Aveva temuto che un giorno si sarebbe innamorato di una donna che aveva un'alternativa migliore? Priscilla aveva *molte* alternative migliori. Non aveva bisogno né di lui né di nessun altro. Aveva degli avventurieri in famiglia che l'avrebbero portata dappertutto. E denaro che le avrebbe dato la libertà di andare ovunque desiderasse.

Ecco la sua risposta. Non era questione di sposare una donna che avrebbe vissuto un'esistenza miserabile perché l'amore di Thad non era sufficiente. Thad stava cercando una donna che avrebbe scelto lui e Priscilla aveva esplicitamente scelto *non* lui.

"Quando partirete?" chiese.

Gli occhi di Priscilla si illuminarono. "Il giorno stesso."

"Quando?" insistette Thad.

"L'anno prossimo," rispose la giovane. "Il trenta luglio."

Ecco. Quella era la sua scadenza. Sedici mesi nei quali avrebbe saputo che era temporaneo e insufficiente. Oppure avrebbe potuto concludere tutto. Subito.

"È per questo che non ho ballato con voi," mormorò Priscilla. "Da Almack's, quando me lo avete chiesto. Avrei tanto voluto farlo. Ma i termini dell'eredità..."

Priscilla voleva ballare, ma voleva di più la libertà. Thad non poteva certo fargliene una colpa. Chiunque l'avrebbe pensata allo stesso modo. Le donne, soprattutto, avevano molte poche opzioni. Era perfettamente normale che la promessa dell'indipendenza suonasse più dolce di una palla al piede.

"È un'opportunità incredibile," disse sinceramente. "Siete molto fortunata."

"Lo so," disse Priscilla. "È tutto quello che ho sempre voluto." Il suo sguardo si spense. "Quasi tutto."

Thad si rese conto che la giovane aveva ragione. Se avesse scelto una vita di avventura, sarebbe stato tutto o niente. Se si fosse sposata, il denaro dell'eredità sarebbe appartenuto a suo marito, non a lei. Priscilla avrebbe perso la sua libertà. La sua indipendenza. Suo marito avrebbe potuto proibirle di andare in qualunque luogo e lei non avrebbe potuto farci nulla.

Se non rifiutare di sposarsi.

"Credo che i miei trenta minuti siano passati," disse lui, alzandosi in piedi.

Anche Priscilla si alzò. "La nonna spera che rompiate ben altre regole."

Ma entrambi sapevano che ciò non avrebbe condotto a nulla di permanente.

"Mi dispiace," disse Priscilla mentre Thad rimetteva Mercoledì nel cesto.

Lui la baciò sulla guancia. "Non dovrebbe.

State forgiando la vostra sorte, proprio come avete consigliato di fare a me."

Lei annuì, lo sguardo triste. "E spero che lo facciate."

"Lo farò," disse lui; ma non era sincero.

Non fino a quando non fu di nuovo nella sua carrozza, con le redini in mano e il cesto al fianco.

E se fosse stata la Principessa Azzurra a partire a cavallo verso una vita di avventura e romanticismo? Il suo sguardo corse alla finestra di Priscilla. Poteva guardarla svanire sul suo cavallo bianco. O forse, poteva... unirsi a lei?

Al momento, non gli veniva in mente un compromesso perfetto, ma *doveva* esserci qualcosa. Ogni minuto di passività lo portava più vicino al momento in cui sarebbe stato troppo tardi.

Forgia la tua sorte, disse a se stesso mentre metteva in moto il calesse.

Trova un modo di conquistarla prima di perderla per sempre.

CAPITOLO 11

Thad era seduto nella sua solita, comoda poltrona nel suo solito, comodo posto nella sua solita taverna e, da sopra un boccale della sua solita birra, stava guardando tutti i volti familiari e gli amici di una vita.

Lasciarsi alle spalle tutte le persone, le cose e i luoghi che amava non era un *compromesso*. Era accontentarsi.

Che ironia.

Per tutta la vita, aveva avuto il terrore di innamorarsi di una persona che avrebbe visto il suo amore come la seconda scelta migliore possibile. Non aveva mai voluto costringere un'ipotetica moglie a rinunciare a ciò che voleva davvero.

E ora stava pensando di farlo lui stesso?

Doveva esserci un'altra soluzione. Thad non era contro l'avventura. Anzi, riusciva facilmente a immaginare di esplorare nuovi orizzonti al fianco di Priscilla.

Ogni tanto. Non sempre. Riusciva anche a immaginare pigri pomeriggi di fronte a un fuoco, a ripensare alla 'loro passeggiata' sotto i fuochi artificiali di Vauxhall, a quando avevano finalmente avuto quel ballo che entrambi avrebbero voluto disperatamente accettare, ma che non avevano potuto avere.

"Dell'altra birra?" chiese una cameriera.

Thad inclinò il boccale per mostrare che era ancora pieno, anche se la schiuma non c'era più.

La ragazza annuì e passò a un altro cliente.

Era quello che Thad avrebbe dovuto fare? Passare ad altro?

L'idea non gli portava più gioia di quella di non rivedere mai più il Duca Malandrino.

L'avventura era un conto. Ma una *vita* di avventura? Priscilla poteva davvero aspettarsi che qualcuno rinunciasse completamente al resto della propria vita?

La cameriera era tornata. Gli prese la birra sgasata di mano e la rimpiazzò con una nuova.

"Offre la casa," disse sorridendo la ragazza.

Thad annuì.

La generosità del Duca Malandrino gli fece perdere ancora di più la voglia di bere la sua birra. Solo i clienti preziosi regolari ricevevano boccali di birra gratis.

Bevve un sorso. Era deliziosa. Posò il boccale.

Era quello ciò a cui lui attribuiva un valore? L'occasionale bicchiere di birra gratis perché lui trascorreva tanto tempo nella stessa poltrona nello stesso angolo dello stesso posto?

Il Duca Malandrino non era la fine di una favola. Era l'inizio. Era il catalizzatore a partire dal quale un uomo innamorato doveva decidere cosa diavolo fare. Come aveva intenzione di forgiare la propria sorte con la donna con la quale aveva scelto di condividerla.

Priscilla gli faceva venire voglia di qualcosa in più di un lieto fine. Gli faceva venire voglia di averlo con *lei*.

Thad trangugiò la birra e si alzò in piedi.

Se voleva condividere la vita con la donna che amava, cosa faceva in una taverna nella quale lei non poteva nemmeno entrare?

Uscì in strada e sbatté le palpebre di fronte al sole al tramonto.

Ecco il suo fidato calesse col suo cavallo. Si poteva dire che fosse più elegante della schiena sudata di un cammello, ma era più divertente? Era una storia migliore da raccontare ai nipoti?

Slegò il calesse e si mise al posto di guida.

Il suo cavallo si diresse verso casa.

Thad si accigliò. Aveva sempre sognato di condividere casa sua con una moglie, ma doveva proprio trattarsi della casa in Jermyn Street? Thad era in *affitto*. La casa non era nemmeno sua. Il luogo in sé aveva importanza, purché loro due fossero insieme?

Non sapeva esattamente come avrebbero trovato una soluzione, ma i dettagli erano qualcosa che marito e moglie avrebbero dovuto stabilire insieme.

Priscilla non aveva accennato a voler cercare un compromesso, ma la verità, il vergognoso e imbarazzante fatto era che...

Thad non lo aveva *chiesto*.

Era rimasto seduto in silenzio, non aspettando

che il Fato venisse a cercarlo, ma, peggio ancora, guardandolo allontanarsi. Meritavano entrambi di meglio.

Se c'era una cosa per cui valeva la pena rischiare tutto, era l'amore. Thad ci stava. E Priscilla? C'era un solo modo per scoprirlo.

Voltò il cavallo verso Grosvenor Square.

Se Priscilla avesse detto di no, beh... avrebbe detto di no. Ma lui avrebbe avuto quantomeno una risposta. Avrebbe *cercato* di conquistare la principessa.

E se dicesse di sì? chiese la vocetta fastidiosa e subdola che gli impediva sempre di tentare. Se lei avesse detto di sì, Thad avrebbe potuto crederle? Credere in un futuro dove sposarlo non significava accontentarsi?

E se Priscilla avesse detto di no... come avrebbe fatto lui a tirare avanti? Vedendola ovunque andasse, contando i giorni fino all'eredità, quando lui avrebbe potuto finalmente levarsela dalla vista, anche se non dal cuore e dalla mente.

Thad accentuò la presa sulle redini.

Avrebbe dovuto fidarsi, rischiare e sperare. Avrebbe covato un risentimento eterno per la sua inazione se avesse voltato le spalle al suo Unico Vero Amore senza nemmeno cercare di farlo durare.

Chiederle di sposarlo era un rischio, indipendentemente dalla risposta. Ma un 'sì' non significava che Thad fosse destinato a imitare suo padre e vivere un matrimonio senza amore.

Il lieto fine non era una destinazione, ma un

viaggio della durata di una vita. Se lui avesse sposato Priscilla, avrebbero creato insieme la loro sorte, come compagni. Come una squadra. L'amore non era un colpo di fulmine, ma il viaggio di una vita.

Thad porse cavallo e calesse a un lacchè. Niente uccellini e niente arcobaleni, quel giorno. Era calata la notte. Thad cercò di non prenderlo come un segno.

La porta della casa di città degli Weatherby era già aperta. Quello sarebbe stato il momento più grandioso della sua vita...

E il peggiore.

Raddrizzò le spalle. Se Priscilla voleva sposarlo, se credeva davvero che potessero essere felici insieme, beh, erano in due. Thad era disposto a firmare qualunque contratto.

E se lei non poteva farlo, se la felicità significava separarsi, se era *lui* la vacanza temporanea...

In tal caso, sarebbe stato Thad a voltare le spalle, senza più tornare.

"Da questa parte, signore, per favore," disse il maggiordomo.

Thad scosse la testa.

Il salotto formale era una farsa e lo sapevano tutti. La signora Weatherby aveva dato il proprio assenso nel momento in cui lo aveva visto per la prima volta.

L'unica persona la cui opinione avesse un peso in quella faccenda era Priscilla.

"Portatemi dalla signorina Weatherby, per favore," disse con fermezza Thad.

Il maggiordomo bussò alla porta chiusa del salotto di Priscilla.

Dall'interno risuonò una cacofonia. "Nonna?"

"Il signor Middleton vi cerca," rispose il maggiordomo.

La cacofonia cessò e la porta si spalancò.

"Thaddeus?" chiese sbalordita Priscilla. Il suo pappagallo era appollaiato sulla sua spalla.

Il maggiordomo si allontanò con discrezione.

"Possiamo parlare in privato?" chiese Thad.

Priscilla gli fece cenno di entrare e chiuse la porta.

"Tè e dolcetti?" starnazzò Koffi.

"*Shh*." Priscilla svuotò il contenuto di quella che sembrava una tabacchiera sul davanzale più vicino.

Koffi cominciò subito a pasteggiare con le briciole.

"Non ero sicura…" Priscilla si morse il labbro mentre sollevava lo sguardo su Thad. "Sono felice di vedervi."

"Ho lasciato qualcosa in sospeso," disse lui. "Ora intendo portarlo a conclusione."

Non era mai stato più terrorizzato. Si chiese se fosse così che si sentivano i rocciatori quando penzolavano da una corda a metà di una parete rocciosa. Se fosse andato tutto bene, sarebbero diventati gli eroi della storia. Ma se qualcosa fosse andato storto…

"Io vi amo," disse. Ecco. Il momento più spaventoso era passato. Thad ignorò il cuore che batteva all'impazzata e proseguì. "Voglio trascorrere il resto della mia vita con voi."

Priscilla spalancò gli occhi.

Thad proseguì rapidamente, prima che lei potesse parlare. Era la sua unica possibilità.

"La sorte non esiste," disse, parlando molto velocemente. "Me lo avete insegnato voi. Non sono qui per creare il mio destino, ma per forgiarne uno insieme. Voi e io. Marito e moglie."

La giovane si morse il labbro.

"Conosco i miei limiti," si affrettò a dire Thad. Era meglio ammettere subito il peggio. Deglutì a fatica. "Non sono ricco. Non posso promettervi spedizioni e corse infinite. Ma vi giuro che farò del mio meglio per riempire le nostre vite con tutta l'avventura di cui è capace un uomo innamorato."

Lo sguardo di Priscilla non abbandonò il suo.

"Il lieto fine non è qualcosa che capita quando meno ce lo si aspetta," proseguì lui, il cuore che batteva ancora più velocemente. "È un futuro che ci creiamo noi stessi. Qualcosa su cui si lavora insieme. Una felicità che meritiamo perché la creiamo l'uno per l'altra." Thad fece un passo avanti. "Voi siete l'unica avventura che voglio."

Lei aprì la bocca.

Thad la fermò, il cuore che gli martellava nel petto. "Quasi dimenticavo la parte più importante."

Lo sguardo di Priscilla era indecifrabile.

"Signorina Priscilla Weatherby..." Thad trasse un respiro tremante e si mise in ginocchio a guardarla. "Volete sposarmi?"

CAPITOLO 12

Il cuore di Priscilla batteva così velocemente da farle girare la testa. Non aveva pensato che Thaddeus sarebbe tornato. Eppure, eccolo lì. In ginocchio.

Lui sapeva cosa le stava chiedendo, e lo chiedeva comunque.

Priscilla avrebbe voluto che loro due potessero stare insieme. Ma non sarebbero mai riusciti a mantenere segreta la loro relazione per un anno e mezzo. E se lei lo avesse sposato ora, avrebbe dovuto rinunciare alla sua eredità.

Ma soprattutto... il matrimonio era per sempre.

Il suo stomaco ribolliva di paura. Era troppo difficile. Troppo grande. Lei lo amava, ma non poteva farcela. Le tremavano le mani. Come si poteva essere certi di un'altra persona al punto da accettare di rinunciare all'unica opportunità di libertà finanziaria, di indipendenza, all'unica occasione per seguire un sogno?

La sua gola si serrò mentre ripensava alle sue

stesse parole. Lei lo *amava*. Lo sapeva, ma aveva avuto troppa paura per confessare la verità anche se stessa. Lo amava e lo voleva… e non riusciva a convincersi a dire di sì. Ne ora né mai.

"*Mon chéri…*" mormorò miserevolmente.

Thaddeus chiuse gli occhi.

Priscilla avrebbe voluto poter chiudere i suoi. Ma non sarebbe servito a nulla. L'immagine che aveva di fronte a lei era rimasta impressa nella sua memoria.

Lui la voleva *ora*. Lei gli credeva. Ma ciò non aveva nulla a che fare col domani.

Era stata una bambina quando suo padre se n'era andato. Aveva avuto nove anni quando sua madre aveva smesso di alzarsi la mattina. Era stata una ragazzina. Aveva avuto *bisogno* di sua madre. Ma i desideri non influenzavano la realtà.

Sua madre si era distaccata emotivamente, aveva smesso di rispondere verbalmente, aveva smesso di reagire fisicamente, e poi se n'era andata. Se una madre poteva andarsene, se potevano farlo un nonno e un padre, come poteva Priscilla credere che un marito da *lei* scelto si sarebbe comportato in maniera diversa?

L'unico modo per proteggere il suo cuore era tenerlo chiuso dentro di sé.

"E se non rispondessi?" chiese con esitazione. Se avesse rifiutato, lo avrebbe perso. Lì, subito. "Posso pensarci?"

"Lo avete già fatto." La voce dell'uomo era rassegnata, sconfitta. Ma il suo sguardo era caldo e fiero, come se la storia non fosse finita, ma fosse a malapena cominciata.

Ma certo che lei ci aveva pensato. Non aveva pensato ad altro che a lui nell'ultimo mese. A ogni incontro casuale, a ogni lettera consegnata a mano, a ogni bacio rubato e ai mille altri che avrebbe voluto aver rubato.

'Diventiamo amanti in segreto' non era la risposta che Thaddeus stava cercando, ma era una risposta che lei poteva dargli. Non una storia lunga e stiracchiata, ma magari un'occasione o due, senza altri contatti pubblici che avrebbero potuto attirare l'attenzione. Il minimo sgarro avrebbe violato i termini del fondo fiduciario.

Anche se fossero riusciti in qualche modo a nascondere le loro occhiate di desiderio e i loro incontri notturni dalla società, continuare così per un anno e mezzo sarebbe stata una tortura per entrambi... e particolarmente ingiusto nei confronti di Thaddeus, quando entrambi sapevano come sarebbe finita.

Lo aveva detto lui stesso: non poteva darle la vita che lei aveva sognato. La vita che era così vicina ad avere. La vita a cui avrebbe dovuto rinunciare, limitandosi a *sperare* che lui l'avrebbe sempre portata con sé; che, se fosse andato via, sarebbe sempre tornato.

Tuttavia, come poteva lei dire di no all'uomo che possedeva il suo cuore? Una vita di avventure infinite le era parsa tutto, un tempo, e ora l'idea le dava la sensazione che le sarebbe mancato qualcosa. Che le sarebbe mancato *qualcuno*. Priscilla poteva riempire i propri giorni di una meraviglia dopo l'altra, ma come avrebbe mai potuto colmare il buco doloroso nel suo petto?

"Ho *davvero* bisogno di pensare," disse infine, lo stomaco annodato. "Pensavo di aver pensato tutti i pensieri pensabili, e ora la mia mente è di nuovo sottosopra. So cosa voglio. Sto cercando di trovare un modo per averlo. Non potete… concedermi un po' di tempo? Fino a domani, almeno?"

Si aspettava che Thaddeus rifiutasse. Che dicesse che, se lei non poteva accettare subito, era chiaro che non lo avrebbe fatto nemmeno in futuro. Si aspettava che l'uomo sarebbe rimasto disgustato, arrabbiato o ferito.

Non si aspettava che un sorriso gli spuntasse sul viso, o che egli balzasse in piedi e la facesse roteare per la stanza come se avessero appena vinto una guerra.

"Cosa state–" cercò di chiedere; ma l'uomo la stava coprendo di baci.

"Non avete detto di no," disse lui, baciandola tra lunghe occhiate di meraviglia e sconvolgimento. "Ero così sicuro…"

"Pensavate che avrei detto di no e me lo avete chiesto comunque?" chiese stupita.

"Dovevo. Voi siete il mio Everest, la mia Atene, il mio Baoulé," rispose Thaddeus, il tono ironico, ma lo sguardo accalorato e appassionato. "Un uomo non può voltare le spalle a una cosa del genere."

Priscilla lo circondò con le braccia e lo baciò con tutto l'amore che aveva nel cuore.

"Intrepido esploratore," mormorò tra un bacio e l'altro. "Posso proporvi un'avventura diversa?"

"In che senso?" Il tono di voce dell'uomo indicava che egli era molto, molto interessato alla proposta.

Lei gli sfiorò il lobo dell'orecchio con la punta della lingua. "Sapete bene in che senso."

Thaddeus la prese tra le braccia e girò su se stesso. "Allora, accetto. Subito. Divano? Poltrona? Posso finalmente prendere possesso di voi sul tappeto?"

"La prossima volta," gli promise lei. "Non è convenzionale, ma stavo pensando che, forse, la mia camera da letto potrebbe andare."

"Siete *davvero* un'imprevedibile intrigante," esclamò stupito l'uomo, per poi coprire la bocca di Priscilla con la propria.

Lei accennò alla stanza contigua senza interrompere il bacio.

Thaddeus cercò a tentoni la porta, quindi entrò indietreggiando nella camera da letto, tenendola tra le braccia.

"Avevate ragione," mormorò lui in tono di ammirazione. "Questo tappeto è decisamente migliore del tappeto nel vostro salotto."

"A letto," ordinò lei.

All'improvviso, lo sguardo di Thaddeus si fece serio. "Siete sicura?"

Più di quanto lui sapesse. *L'unica* cosa che lei sapeva per certo era che l'uomo tra le sue braccia la amava quanto lei amava lui. Qualunque cosa potesse portare il domani, loro potevano almeno condividere un momento di passione.

"A letto," ripeté con fermezza Priscilla. "Poi ci spoglieremo."

"Ragazzaccia impertinente." Thaddeus la baciò sulla punta del naso. "Mi piace."

Priscilla strinse gli occhi. "State esplorando troppo lentamente."

"Sto assaporando," protestò lui; ma la posò al centro del letto e si mise accanto a lei, la parte frontale del corpo premuta contro un lato di quello di Priscilla.

Il cuore le martellava nel petto mentre lei fissava Thaddeus. Non era mai stata assaporata in precedenza. Non aveva nemmeno mai saputo che procedere lentamente avrebbe reso l'attesa molto più erotica.

"Siete splendida," mormorò l'uomo. L'intensità del suo sguardo la sciolse. "Quando entrate in una stanza, io me ne accorgo, e da quel momento in poi, sono perduto. I miei occhi appartengono a voi."

"Non è vero," balbettò Priscilla. "Io faccio il possibile per non farmi notare. Nessuno mi guarda due volte."

"Io vi ho imparata a memoria." Thaddeus chiuse gli occhi e le sfregò il naso tra i capelli. "I vostri capelli sono morbidi come avevo sempre immaginato. Folti, castani e lucidi, che implorano il tocco delle mie mani o di essere sparsi sul mio cuscino. Anche quando cercate di nascondervi tra le ombre, la luce dei lampadari vi trova e questi capelli morbidi e magnifici brillano, ammiccano e tentano."

Priscilla cercò di parlare, ma non ci riuscì. "Io..."

La bocca di Thaddeus si spostò dai suoi capelli al suo orecchio.

"Conosco ogni insenatura e ogni curva," mormorò l'uomo, "perché ogni volta che vi vedo, immagino le cose che vi mormorerei nelle orecchie, se solo ne avessi il coraggio. Parole che solo gli amanti condividono."

Il cuore di Priscilla mancò un battito. "Ditemele subito."

Sentì il sorriso di Thaddeus contro la pelle, lento e malizioso e pieno di promesse.

"Se lo dicessi…" disse l'uomo tra baci delicatissimi al lobo dell'orecchio e al punto sensibile e pulsante appena sotto di esso. "Se lo dicessi, voi avreste tutto il potere. Non posso rendervi noto che, ogni volta che vi guardo, mi immagino dentro di voi, con le vostre gambe che si stringono attorno a me dal piacere."

"Fatelo." Priscilla si allungò verso di lui, cercando di attirare la bocca dell'uomo verso la sua.

Invece, Thaddeus rotolò sopra di lei, appoggiandosi sui gomiti per darle baci devastanti lungo la curva del collo, nell'incavo sotto la sua spalla, sulla sommità del suo seno che tendeva il corpetto.

Non l'aveva ancora toccata nell'intimo e già il corpo di Priscilla era più vivo di quanto fosse mai stato. Ogni parte di lei sembrava più calda, più pesante, desiderosa del tocco di Thaddeus.

Invece, fu lei a toccarlo, permettendo alle sue dita di esplorare ciò che in precedenza era stato esposto solo al suo sguardo. Thaddeus era caldo e solido; il suo peso contro di lei era elettrizzante.

"Nudi," ansimò Priscilla. "Non dobbiamo essere nudi perché accada la magia?"

"Ci sono modi infiniti per fare magie," promise Thaddeus, sfiorandole in maniera sensuale il petto con le labbra a ogni parola. "La bocca sul seno… l'inguine contro l'inguine… la bocca ancora più in basso…"

Priscilla era così frastornata dalle parole di Thaddeus che non notò l'orlo della sua gonna che si sollevava fino a quando un soffio di aria fresca non la baciò in mezzo alle cosce.

Quello fu il suo ultimo pensiero coerente prima che la bocca di Thaddeus le desse piacere, mentre le sue dita facevano lo stesso, tormentando e stuzzicando, promettendo e accarezzando.

"Voglio…" fu tutto ciò che riuscì a dire prima di affondare le dita nelle lenzuola ed esplodere in mille fuochi di artificio.

Le dita di Thaddeus si allontanarono, solo per essere sostituite da qualcosa di più lungo, più duro, più spesso, che sfregava proprio dove lui l'aveva toccata, facendola impazzire dalla voglia di ricominciare daccapo.

"Insieme," disse, avvolgendo d'istinto le gambe attorno ai fianchi dell'uomo. "Promettetemelo."

"Insieme," ripeté lui, entrando dolcemente, sensualmente. "Fino a quando lo vorrete."

Per sempre, rispose lei nella sua mente mentre una breve fitta di dolore lasciava spazio al piacere. Le loro bocche si cercarono mentre i loro corpi trovavano un ritmo, un'onda, una vetta che continuava a salire.

Priscilla aveva creduto di averlo invitato nel

suo letto per dargli la sua verginità, ma a ogni colpo d'anca, Thaddeus stava prendendo molto di più. Voleva il suo cuore, ma lo aveva già. Voleva la sua anima, ma possedeva anche quella.

Voleva il suo amore, la sua passione, il suo piacere–

Il corpo di Priscilla cominciò a tremare; i presagi familiari erano ancora più elettrizzanti ora che sapeva cosa sarebbe accaduto.

La prima volta, Thaddeus lo aveva fatto *a* lei. Ora, lo stava facendo *con* lei. Quando Priscilla prendeva, prendeva anche lui. Si stavano esplorando a vicenda, imparando e rivendicando e prendendo.

Quando lei non ce la fece più, quando l'onda la prese e la trascinò via con sé, Priscilla premette le labbra contro quelle di Thaddeus per evitare alle parole *Vi amo* di sgorgare da esse.

Non era necessario che lui le sentisse. Priscilla glielo aveva già detto col suo corpo, coi suoi gemiti e le sue unghie affilate e il calore scivoloso che continuava ad accoglierlo.

Lei poteva anche aver bisogno di pensare, ma allo stesso non valeva per il suo corpo. Esso aveva scelto lui. Lo stava ancora scegliendo. Non avrebbe mai smesso di sceglierlo a dispetto di ogni altra cosa.

Quando Thaddeus crollò tra le sue braccia, senza fiato e sazio come lei, rotolò sulla schiena, tenendola serrata nel suo abbraccio, fino a quando l'orecchio che aveva baciato con tanta tenerezza fu posato contro il battito confortante del suo cuore.

"Thaddeus?" mormorò Priscilla.

L'uomo borbottò qualcosa di incomprensibile contro la sommità del suo capo.

Lei sorrise contro il calore del suo petto e prese in mano un lato del suo viso.

Lui le diede un bacio sul palmo e non si mosse.

L'indomani, glielo avrebbe detto. Dopo che egli fosse andato a casa, dopo che lei avrebbe avuto la notte per pensarci su, quando lui sarebbe venuto a chiedere una risposta e lei avrebbe detto ancora di sì, Thaddeus avrebbe saputo che era tutto vero e non un'emozione momentanea.

Priscilla aveva creduto che l'unico futuro per lei fosse una vita di ricchezza e di solitudine, di avventure infinite, ma senza nessuno con cui condividerle. Aveva cominciato a temere che non avrebbe mai trovato l'amore, che non *meritasse* l'amore, che esso non fosse altro che una bella storiella che non si avverava mai.

E poi era arrivato Thaddeus. In più di un'occasione, lei lo aveva scacciato, costringendolo ad allontanarsi prima che potesse farlo da solo, sapendo che, quando lo avrebbe fatto, lei sarebbe rimasta distrutta.

Ma Thaddeus non se n'era andato. Era proprio lì, tra le sue braccia. Disposto a restarci per il resto delle loro vite.

Come avrebbe potuto Priscilla dire di no a un'avventura del genere?

Thad trascorse la mattinata successiva scegliendo e scartando una serie di gilet e di fazzoletti da collo, a cui seguì una altrettanto frenetica spedizione al mercato alla ricerca di fiori freschi che avrebbero trasmesso il messaggio perfetto.

Non una floscia manciata di giunchiglie sul punto di marcire. Qualcosa che dicesse *Vi amo* e *Vi voglio* e *Sposatemi...* ma che non fosse eccessivo, volgare o insistente.

Priscilla aveva chiesto del tempo per pensare. Aveva detto "fino a domani, almeno". Arrivare sulla soglia di casa sua alle undici e mezza di mattina con un bouquet misto di rose e fiori primaverili in mano non significava che una risposta lo avrebbe atteso.

Thad era pronto a concederle del tempo. E dello spazio per pensare, se ciò era quello che Priscilla voleva. Ma non voleva che lei temesse, nemmeno per un istante, che il suo affetto fosse svanito dopo aver diviso il letto con lei. La notte prima sarebbe stata la prima di molte.

Entrò in Grosvenor Square con un sorriso sciocco sul volto. Ma subito, la sua allegria si trasformò in confusione.

Una strana carrozza era parcheggiata nel posto proprio di fronte alla porta di Priscilla, il posto che Thad aveva cominciato a considerare proprio.

'Carrozza' non era la parola giusta.

Quella era una magnifica cabriolet nera come il carbone, tirata da uno stupefacente arabo candido. Thad non aveva mai visto un animale più bello, né una carrozza così pulita e lucida da sembrare appena uscita da un libro illustrato piuttosto che dalle luride strade di Londra.

Invero, quelli erano proprio il genere di carrozza e di cavallo con cui Thad aveva sempre pensato di arrivare quando avrebbe accompagnato la sua signora verso il loro lieto fine.

Fermò il calesse dietro alla cabriolet.

Nessun lacchè corse ad accoglierlo.

Thad scese con un balzo dalla carrozza, sporcandosi gli stivali faticosamente lucidati, e legò il cavallo al paletto più vicino.

Ancora nessun lacchè.

Thad prese i fiori dal calesse e salì i gradini della porta d'ingresso.

Che rimase chiusa.

Thad spostò i fiori nell'altra mano e bussò energicamente col battente. Ancora. E ancora una volta, per stare sicuro.

Il maggiordomo non spalancò la porta con la consueta alacrità.

Il maggiordomo non venne proprio ad aprire.

Thad si guardò alle spalle, sicuro che tutti lo stessero guardando mentre, coi fiori in mano, attendeva che qualcuno rispondesse al suo bussare.

Entrambi i proprietari del Duca Malandrino non vivevano proprio in quella piazza? Il petto di Thad si contrasse. Lo avrebbero preso in giro a vita.

Tentò ancora una volta il battente, forse con una disperazione leggermente maggiore.

Questa volta, dopo una pausa interminabile, il maggiordomo aprì la porta.

"Sì?" disse distrattamente il servitore, senza nemmeno guardarlo.

Ma questo non significava nulla. Thad non era lì in cerca del maggiordomo. Raddrizzò la schiena.

"La signorina Weatherby, per cortesia," disse seccamente.

"Oh," disse il maggiordomo. "Sono certo che non riceva visite."

Non riceveva visite perché non voleva vedere Thad? O non riceveva visite per qualche altra ragione? Il tipo di ragione che viaggiava in una cabriolet da favola tirata da un cavallo bianco?

"Potreste *chiedere* perché non riceve visite?" chiese cordialmente Thad.

"Oh," ripeté il maggiordomo. "Credo proprio di no. È tornato suo padre e la casa è leggermente nel caos. Potreste tornare un altro giorno?"

No, si rese conto Thad. Non poteva.

"Suo *padre* è venuto a prenderla?" ripeté stolidamente. Il padre di Priscilla, il grande avventuriero. I fiori tra le mani di Thad gli parvero incredibilmente pesanti.

Tra tutti gli scenari che aveva visualizzato nella sua mente tra il giorno prima e quella mattina, il ritorno del padre di Priscilla per portarla all'avventura non era presente.

Non gli era nemmeno venuto in mente. Come avrebbe potuto?

Bisognava tenere in considerazione il fondo fiduciario, la domanda se lui o Priscilla potessero aspettare fino al venticinquesimo compleanno di lei per l'eredità – e se ciò fosse etico, anche se ogni singolo penny fosse andato a Priscilla – e, naturalmente, i dubbi e la paura che sarebbe potuti venire a chiunque quando il sogno della vita di Priscilla era andare all'avventura col padre e tutto ciò che le toccava erano Thad, una casa in affitto e un gatto di nome Mercoledì.

Aveva pensato che Priscilla dovesse decidere tra lui e un nebuloso futuro di avventura che avrebbe potuto verificarsi o meno, perché anche se lei fosse rimasta zitella e avesse ereditato un milione di scrigni pieni d'oro, una parte segreta di Thad aveva pensato – aveva desiderato – aveva *sperato* che lei non lo avrebbe fatto. Aveva sperato che non *potesse* farlo.

Se non a causa del suo amore per lui, almeno perché una donna che viaggiava da sola in terre lontane non era propriamente al sicuro e–

E nulla di tutto ciò aveva importanza, perché Priscilla *non* era sola. *Non* doveva aspettare. Poteva avere le sue avventure a partire da subito.

Non aveva bisogno di Thad.

"Signore?" chiese il maggiordomo, la fronte aggrottata con palese preoccupazione.

Thad scosse la testa. Non si fidava a parlare. E poi, cosa c'era da dire?

Priscilla era la Principessa Azzurra. Di questo, Thad era sicuro. Il problema, a quanto pareva, era che *lui* non era il suo principe.

A quanto pareva, nella sua storia era finalmente apparso l'uomo che sin da bambina lei sognava sarebbe tornato a prenderla. Il padre criminosamente assente che, contro ogni probabilità, era apparso proprio all'ultimo momento per mandare a quel paese la proposta di matrimonio di Thad.

Tutto ciò che lui poteva fare era lasciare che la sua principessa prendesse il mare verso il lieto fine che meritava.

"Non riceve," disse ad alta voce Thad, abbassando i fiori. "Capisco."

La porta cominciò a chiudersi prima ancora che lui si fosse voltato.

Ma proprio un attimo prima di chiudersi a pochi centimetri dal viso di Thad, essa si spalancò di nuovo.

Eccola. Priscilla. Splendida, col viso rosso e i boccoli castani e gli occhi che brillavano proprio come il mare che l'avrebbe portata via.

La giovane si morse il labbro. "Thaddeus."

Thaddeus.

Era una parola sola, e tuttavia pareva significare che tutto stava davvero crollando, proprio come sembrava. Persino l'aria attorno a loro era spessa, pesante e soffocante.

"*Ma chérie*," disse lui, sollevando i fiori. "Sono venuto–"

"Lo so cosa siete venuto a chiedere." Lo sguardo di Priscilla era tormentato, implorante, ma lei non accettò i fiori. "Non… non posso, in questo momento. Mio padre è qui. Mi dispiace."

"Anche a me," disse Thaddeus mentre Priscilla chiudeva la porta.

Era vero. Non gli era mai dispiaciuto di più in vita sua. Era come se il suo cuore stesse morendo, facendogli marcire il petto dall'interno.

Non posso, in questo momento non era né *sì* né *no*, il che lo rendeva anche peggio di una risposta. O forse era quella la risposta. Perché il futuro che Priscilla aveva a lungo atteso era finalmente arrivato.

Mentre Thad si trascinava di nuovo verso il suo calesse, gettò il bouquet di fiori scelti con cura sul sedile della cabriolet. Era quello il suo posto. Tutti sapevano che i bei cavalli bianchi erano per gli eroi.

Lui non faceva nemmeno parte della trama.

CAPITOLO 14

Priscilla chiuse la porta d'ingresso e corse a riaprire la porta del salotto.

Il senso di colpa le strinse il cuore. Detestava vedere la gioiosa speranza sul volto di Thaddeus crollare in maniera tanto completa. Avrebbe potuto accoglierlo in casa e dirgli ciò che egli voleva sentirsi dire. Che sapeva cosa dirgli, cosa raccontare, cosa fare.

Ma tutti stavano parlando fin troppo, quella mattina. Un altro visitatore era arrivato meno di un quarto d'ora prima di Thaddeus, mentre Priscilla si stava vestendo al piano di sopra. La sua cameriera aveva intravisto la carrozza mentre le allacciava il corpetto.

Non avevano riconosciuto la cabriolet dal camerino di Priscilla, non erano riuscite a vedere gli occupanti scendere dal veicolo, ma stava accadendo qualcosa di orribile. Un rumore di voci forti era penetrato dal pavimento, seguito da una porta che sbatteva.

Priscilla era scesa al pianterreno senza le

scarpe e coi capelli acconciati a metà, appena in tempo per intravedere Thaddeus. Non era lui la causa dell'agitazione. L'altro ospite era ancora in casa. Dal salotto formale provenivano grida soffocate, nonostante la porta chiusa.

Priscilla non poteva lasciare da sola sua nonna ad affrontare ancora un minuto di quei maltrattamenti.

Con membra tremanti, aveva spalancato la porta del salotto ed era corsa dentro.

I suoi piedi, coperti solo dalle calze, erano scivolati sul tappeto, quasi facendole fare una capriola alla vista della scena nella stanza. C'era una persona *nuova* nella stanza. No... una persona vecchia.

"Papà?" Aveva balbettato lei, in preda a una meravigliosa incredulità.

Ma certo che era papà. Potevano passare dieci anni, venti, trenta, ma lei lo avrebbe riconosciuto ovunque. La stessa zazzera di capelli brizzolati, le stesse guance rosse e gli stessi lineamenti espressivi, gli stessi occhi luminosissimi che sembravano brillare di luce propria. In quel momento, quegli occhi erano concentrati sulla nonna.

L'anziana non sembrava entusiasta del ritorno a casa del figlio. Sembrava disgustata da lui. Furiosa. Era in piedi di fronte all'uomo, le mani pallide chiusa ad artiglio lungo i fianchi sottili. Persino al di fuori della grande poltrona in cui trascorreva le sue giornate, la nonna era messa in ombra dalla presenza del figlio. Ma non aveva perso la sua combattività.

"Come osi," ringhiò, l'atteggiamento regale nonostante la palese collera. "Perché diavolo sei qui?"

Le uniche occasioni in cui Priscilla aveva mai udito sua nonna invocare il nome del diavolo erano quando parlava del figlio.

Priscilla corse a frapporsi tra i due, come una sorta di scudo.

"È venuto a trovarci. A controllare che tutto vada secondo i piani," disse con voce tranquillizzante; ma poi, un'idea meravigliosa, terribile, miracolosa, scacciò tutte le altre. Priscilla si voltò di scatto verso suo padre, l'entusiasmo che le correva nelle vene come un incendio. "Oppure è venuto a prendermi prima del previsto."

I vivaci occhi azzurri di suo padre vacillarono solo per un istante prima che un sorriso prendesse possesso del suo volto. "Figlia mia?"

Ma certo che era sua figlia. Ma erano trascorsi degli anni dall'ultima volta in cui si erano visti. Il vestito a lutto di Priscilla non c'era più, così come i suoi boccoli da scolaretta e la sua innocenza.

Era più vecchia, ora. Più forte, più saggia. Più esperta. Più resiliente. Ma era comunque Priscilla.

"Sono io," disse, la voce implorante che si rompeva nel pronunciare le parole. *Riconoscimi. Amami.*

In tutte le sue fantasticherie sulla loro riunione, papà era sempre entusiasta di vederla. La riconosceva immediatamente e tendeva le braccia. Lei correva tra quelle braccia come aveva sempre fatto e lui la faceva volteggiare per la gioia prima di mormorare *Fai portare qui il tuo baule. Vieni con me.*

Nulla stava andando secondo i piani.

"Stai benissimo," disse papà, anche se non poteva certo essere vero. Priscilla aveva i capelli acconciati a metà e aveva lasciato le scarpe al piano di sopra; ma forse, per un padre, una figlia era sempre bella, in tutte le circostanze.

"Ha ventitré anni," esclamò la nonna. "È una donna adulta."

"Una donna adulta," ripeté il padre di Priscilla. Sembrò poi ripensare alle parole di sua figlia e i suoi occhi si strinsero in maniera affabile. "Ma certo che puoi venire con me. Sei pronta per l'avventura?"

Non era *esattamente* il modo in cui lei aveva immaginato quella conversazione, ma le parti importanti c'erano comunque. Suo padre era lì. Era tornato. Voleva portarla con sé.

Se era pronta per l'avventura? Priscilla non aveva sognato altro per tutta la vita.

"Non vuoi chiederle come sono trascorsi tutti questi anni?" scattò la nonna.

"Smettila," sibilò Priscilla.

"Avremo tempo in abbondanza per chiacchierare durante il viaggio," disse papà, continuando a fissare Priscilla come se non riuscisse a credere a ciò che gli mostravano i suoi occhi.

La nonna lo fulminò con lo sguardo. "E suo marito? E i suoi tre figli?"

Papà spalancò la bocca, sconvolto. "È sposata?"

"Certo che no," biascicò Priscilla. Che senso avrebbe avuto una cosa del genere? Per qualche motivo, la nonna stava cercando di seminare zizzania. "Non hai ricevuto le mie lettere?"

La confusione svanì dal volto di suo padre. "Oh, non siamo più in Africa. Da lì siamo andati alle Seychelles, per poi stabilirci in India. Come prossima destinazione, ho in mente il Brasile. È un Paese molto affascinante."

Priscilla non ne dubitava, anche se le girava la testa al pensiero di tutti i luoghi in cui era stato suo padre senza che lei nemmeno lo sapesse. Le sue lettere non erano tornate indietro. Probabilmente, giacevano in mezzo a un mucchio di corrispondenza in un ufficio postale polveroso. O in un fuoco, per riscaldare il direttore del suddetto ufficio.

"Dov'è il nonno?" chiese.

La nonna si tese, come se la risposta potesse fustigarla.

Priscilla la guardò a occhi spalancati. Tutte quelle grida… Aveva immaginato che il motivo fosse un litigio riguardo a suo nonno. "Non glielo hai *chiesto?*"

"È in India," disse ridacchiando papà. "Dubito che riusciremo mai a staccarlo da quel luogo. Lo splendido clima, il cibo fantastico, tutte quelle deliziose… attrazioni. È un paradiso terrestre."

La nonna non sembrava più solida. Era come se un fuoco l'avesse bruciata dall'interno, riducendola a un mucchietto di cenere dalla forma della nonna di Priscilla, che si sarebbe disintegrato con un soffio di vento per svanire nel nulla.

Ecco perché non lo aveva chiesto, si rese conto Priscilla. Il nonno non c'era. Non era venuto. La nonna non aveva bisogno di sapere altro.

"Non posso fermarmi a lungo," disse papà.

Sconvolta, Priscilla si voltò verso di lui. "Di certo, qualche settimana—"

"Devo presentarmi al porto oggi pomeriggio, o la nave partirà senza di me," disse l'uomo, come se fosse stata una questione da poco.

"Ma sei appena arrivato," protestò lei.

Lo sguardo triste della nonna incrociò il suo e Priscilla cercò di non crollare. Papà era appena arrivato *lì*, nel loro salotto, in casa loro, ma la sua nave era all'attracco da chissà quanti giorni o settimane. Loro erano in fondo all'elenco delle sue priorità.

Ma lui *era* venuto.

"Allora, figlia mia." Noncurante, suo padre spostò lo sguardo gioviale su di lei. "Ti va di accompagnare un vecchio all'avventura? Sei in grado di preparare un baule entro le due?"

Priscilla aveva un baule pronto da quando aveva nove anni. Avrebbe potuto farlo portare al pianterreno nel giro di pochi minuti.

Aveva la gola secca, le mani sudate. Il momento era finalmente arrivato. La sorte aveva bussato alla sua porta, come avrebbe detto Thaddeus.

Priscilla chiuse gli occhi.

Tutte le volte che aveva immaginato di partire all'avventura con suo padre, la visione non aveva mai previsto di lasciarsi alle spalle l'uomo che amava.

Peggio. Priscilla aprì gli occhi. Che lei partisse o che restasse, avrebbe dovuto dire addio a una persona amata.

Aveva detto a Thaddeus fin dall'inizio che non voleva un marito e che non lo avrebbe mai voluto.

Che quello che c'era tra loro era qualcosa di temporaneo. Si era innamorata di lui, aveva *fatto* l'amore con lui, ma non aveva fatto alcuna promessa, né gli aveva lasciato intendere che tutto sarebbe durato più di una notte.

Thaddeus voleva molto più di una notte. Voleva l'amore. Voleva l'eternità. Voleva una moglie, una famiglia e una casa lì, a Londra. Voleva Priscilla.

Il suo petto prese a martellare per l'angoscia e il panico.

Papà non sarebbe tornato per un altro decennio o due, se mai lo avrebbe fatto. Priscilla sarebbe potuta partire non appena avesse ricevuto l'eredità, ma non avrebbe avuto la più pallida idea di dove trovarlo. Forse, per allora, l'uomo si sarebbe trovato in India o in Brasile. O forse no.

Se voleva unirsi a suo padre e a suo nonno nei loro viaggi, quella era la sola e unica occasione.

Si voltò verso sua nonna.

Gli occhi dell'anziana erano aperti e fissi, lucidi e fieri. Il suo mento era alto, la sua schiena incredibilmente dritta, la sua bocca una linea sottile. Aveva intuito il finale di quella conversazione prima ancora che Priscilla entrasse dalla porta.

Lo stomaco di Priscilla si rivoltò. Lei non voleva essere come sua nonna, si rifiutava completamente di essere come la mamma, ma davvero voleva essere fatta della stessa pasta di suo padre e di suo nonno?

Loro anteponevano l'avventura all'amore. Loro stessi alla famiglia. L'egoismo agli affetti.

Erano felici; di questo, Priscilla non dubitava.

Ma seguirli non sarebbe stato creare la propria strada. Partire con suo padre e suo nonno non avrebbe realizzato i suoi sogni, ma i loro. Era tempo di fare una scelta sua.

L'amore era più spaventoso dell'avventura. L'idea del matrimonio, poi, era un vero e proprio incubo. Mettere a rischio il proprio cuore, mettere a rischio la propria felicità, mettere a rischio il proprio futuro erano tutte cose che lei aveva meticolosamente evitato durante quegli anni solitari.

Non poteva voltare le spalle a Thaddeus, come suo padre e suo nonno avevano fatto con lei. Non solo perché sapeva quanto ciò fosse terribile, ma perché *Thaddeus* non si poteva lasciare indietro. Il matrimonio non era una prigionia, ma un'associazione.

La paura peggiore di Priscilla era quella di essere abbandonata. Dimenticata. Il suo obiettivo non era mai stato vivere su navi e cavalli per il resto della sua vita, ma non essere lasciata a casa.

Era proprio quello che Thaddeus le stava offrendo. Egli voleva prenderla con sé per il resto delle loro vite, verso un futuro che avrebbero deciso insieme. Era *lui* a rendere gioiosi i pensieri del futuro.

Un intrallazzo temporaneo non bastava. Una notte d'amore non sarebbe mai stata sufficiente. Lei voleva l'eternità.

Voleva Thaddeus.

"No," disse ad alta voce, con voce alta, forte e sicura.

Ancora una volta, c'era qualcosa di nuovo nel

salotto. Questa volta, si trattava di Priscilla. Che prendeva le redini della sua vita.

"No?" Suo padre si tirò indietro come se non si fosse mai sentito rivolgere quella parola. E forse era davvero così.

Era finalmente giunto il momento.

"No," ripeté Priscilla. "Non verrò con te."

Non quella volta, né mai. Anche se avrebbe significato rinunciare all'eredità. Anche se avrebbe significato deludere suo padre. Perdere il suo rispetto. Il suo amore.

La nonna la guardò sconvolta. "No?"

"No," disse nuovamente Priscilla. Era una parola spaventosa e liberatoria. *No* era qualcosa di definitivo. La decisione era presa.

"Ma," balbettò la nonna. "L'avventura…"

Priscilla toccò la mano pallida di sua nonna e le rivolse un sorriso sghembo. "Ci resta sempre Koffi."

"Il caffè?" Papà rise come se la sola idea fosse volgare e ingenua. "Se conoscessi il sapore del chai indiano, non–"

"Non *coffee*," disse Priscilla. "*Koffi*. Il pappagallo che mi hai portato dall'Africa."

Dopo la morte della mamma.

"Ah sì?" La confusione di suo padre cedette il posto al divertimento. "Che roba! Pensavo che ci fossimo liberati di quella bestia."

Ogni osso del corpo di Priscilla tremava per il dolore e la delusione. Quel momento era stato la svolta più grande della sua vita e suo padre non se lo ricordava nemmeno. La sua visita, quell'anno, era stata l'unica luce in una spirale di oscurità... e non aveva significato nulla per lui.

"Fai buon viaggio," disse Priscilla; era sincera. Era felice che suo padre partisse in giornata. "Quando arriverai in India, io sarò già sposata."

"Sarai cosa?" chiese l'uomo, perplesso. "Pensavo avessi detto–"

"Ha un corteggiatore," disse orgogliosa la nonna. "Un brav'uomo che la ama."

Priscilla la guardò stupita. "Come fai a sapere che mi ama?"

"Chi non se ne accorgerebbe?" La voce della nonna era burbera, ma il suo sguardo era affettuoso. "E poi, continua a tornare."

Papà si accigliò. "Devo firmare qualcosa?"

"Ho ventitré anni," gli ricordò lei. Aveva la facoltà di decidere da sola. Ciò che non avrebbe avuto era l'eredità. "Non preoccuparti per il fondo."

"Il... fondo?" le fece eco suo padre con aria perplessa.

La nonna chiuse gli occhi.

"Il fondo fiduciario," ripeté Priscilla, colta da una vertigine simile al panico. "Quello che hai creato per me nel caso fossi stata ancora nubile al mio venticinquesimo compleanno. Diecimila sterline a mio nome."

"Ora me lo ricordo." Papà ridacchiò. "Sono felice che tu abbia trovato un fidanzato. *Volevo* mettere da parte quell'eredità–"

"Proprio come avresti voluto lasciarle una dote?" scattò la nonna.

"Non ho fatto nemmeno quello?" chiese perplesso il padre di Priscilla. Poi, l'uomo rivolse a entrambe un sorriso noncurante. "Del resto, era chiaro che mia figlia sarebbe stata incantevole con o senza un pezzo di carta."

"Non è un pezzo di carta," ringhiò a denti stretti Priscilla. "La dote è lo strumento con cui una donna può influenzare il proprio futuro. L'eredità avrebbe dovuto essere la mia *libertà*. Quel denaro–"

Ma non era una questione di soldi. Non era mai stata una questione di soldi.

Il fondo fiduciario era sempre stato un simbolo. Prova del fatto che suo padre l'amava. Prova del fatto che si era ricordato di lei, che aveva pensato a lei. Prova del fatto che la stava aspettando.

Ed era sempre stata una menzogna.

"Tu lo sapevi," disse Priscilla a sua nonna in tono di accusa. "Lo sapevi e non me l'hai detto."

"Non volevo spezzarti il cuore." Lo sguardo della nonna era tormentato. "Avevi appena perso tua madre. Chi poteva sapere se tuo padre sarebbe mai tornato? Se avevi bisogno di credere in una favola per tirare avanti, io non intendevo certo toglierti anche quella."

Il cuore di Priscilla mancò un battito. "Ma mi avevi detto–"

"Ti avevo detto di *sposarti*." Gli occhi della nonna lampeggiarono. "Era la tua unica possibilità di avere una vita migliore. Di essere felice. Non c'era alcun fondo fiduciario, non c'era nessuna dote. Solo una casa vecchia con una donna vecchia dentro." All'improvviso, la nonna parve piccola e fragile. "Una vecchia amareggiata è sufficiente. Non volevo che anche *tu* finissi così."

"Non amareggiarti." Priscilla circondò la nonna in un forte abbraccio. "Te l'ho detto: non ti abbandonerò mai. Sono tua, per sempre. Tu sei mia nonna e ti voglio bene."

"Hai fatto bene a scegliere l'amore," mormorò la nonna con le labbra tra i capelli Priscilla. "È *quello* l'uomo che ti merita. Non hai rinunciato a nulla."

Priscilla si staccò inorridita. Aveva chiuso la porta in faccia all'uomo che la amava. Thaddeus era venuto in cerca di una risposta e lei aveva reagito così. Priscilla non lo avrebbe biasimato se egli non avesse avuto più fiducia nel suo amore, se non fosse più stato interessato a mettere a rischio il proprio futuro per una donna che gli chiudeva la porta in faccia quando tutto ciò che lui voleva da lei era l'amore.

"Vai," disse la nonna, come se le avesse letto nel pensiero. "Prendilo."

Priscilla annuì e corse fuori dal salotto senza degnare suo padre nemmeno di un'occhiata. Lui era il passato.

Thaddeus era il futuro.

CAPITOLO 15

Thad passò in rassegna gli scaffali della sua camera da letto, deciso a fingere che tutto andasse bene. Si armò delle sue biografie preferite e si accoccolò sulla sua solita sedia, posata nello stesso angolo del suo balcone di ferro. La vita sarebbe andata avanti normalmente.

Peccato che lui non si sentisse normale. Era come se avesse la malaria e l'influenza, il mattino dopo una lunga notte trascorsa a bere troppo whisky.

Un tuono risuonò nel cielo e la prima ondata di nuvole a chiazze sputò fredde gocce di pioggia sulle sue spalle. Appropriato.

Poteva concedersi di essere triste per il fatto che Priscilla gli avesse preferito una vita di sorprese, entusiasmo e avventura, ma non poteva dirsi sorpreso.

Lei gli aveva *detto* di non volere un marito. Gli aveva *detto* che la loro relazione a base di uccellini, arcobaleni e fuochi d'artificio non poteva essere che temporanea.

Gli aveva detto che, forse, avrebbe ricevuto una risposta in mattinata.

Thad aprì un libro a caso, senza nemmeno controllare che non fosse a rovescio. Nulla stava più andando nel modo giusto, per cui perché le cose avrebbero dovuto essere diverse per quella biografia di Jean-Jacques Rousseau? Lentamente, Thad mise a fuoco i lunghi paragrafi del libro. L'argomento non era Rousseau. *L'Africa.* Sconvolto com'era, aveva scelto libri che gli ricordavano Priscilla.

"All'inferno." Thad lanciò i volumi nella stanza, ignorando dove e come sarebbero potuti atterrare.

Normalmente, quando voleva fuggire dal mondo in un luogo che gli dava gioia e pace, prendeva una matita e il suo diario e si perdeva nel suo manoscritto.

Ma non *aveva* il suo manoscritto. Lo aveva dato a Priscilla, assieme al suo cuore.

Non che avesse voglia di lavorarci. Thad non aveva voglia di fare nulla. Si appoggiò i gomiti sulle ginocchia e lasciò cadere il viso tra le mani.

Avrebbe semplicemente dovuto mantenere le distanze, decise stolidamente. Il che non aveva richiesto grandi sforzi, dato che il padre di Priscilla era venuto per portarla in luoghi esotici dall'altra parte del mondo.

Thad avrebbe tirato avanti come sempre. La solita taverna. La solita poltrona. La solita routine, i soliti eventi, il solito sorriso appiccicato sul volto mentre invitava le stesse persone a condividere gli stessi balli.

Non importava quanto gli sembrasse di avere il cuore spezzato.

Avrebbe potuto trascorrere l'intera giornata in quel modo – la testa tra le mani, i gomiti conficcati nelle ginocchia, la schiena curva, il cuore pesante – se non fosse stato per una certa agitazione proveniente dalla strada.

Temendo che ci fosse stato un incidente di carrozza fuori da casa sua, balzò immediatamente in piedi.

La carrozza c'era. L'incidente no.

Era la cabriolet d'ebano lucido, con le sue ruote scintillanti e i finimenti di cuoio immacolati e il maestoso stallone arabo bianco degno di un eroe. Ma non era il padre di Priscilla a tenere le redini.

La donna che Thad amava scese goffamente dalla carrozza in uno svolazzare di petali di fiori e seta costosa, per atterrare – scalza? – sulla strada.

"Thaddeus Middleton," esclamò Priscilla, la voce ritmata forte e pura. "Voi avete qualcosa che mi appartiene."

Thad afferrò la ringhiera di ferro mentre fissava la giovane.

Metà dei capelli Priscilla era in boccoli perfetti. L'altra metà sembrava aver perso una battaglia col pappagallo.

Non era mai stata più bella.

Persino i vicini Thad guardavano la scena sporgendosi dalle finestre.

"Cosa volete?" gridò lui. O almeno, avrebbe voluto gridare. Non era sicuro che la sua voce fosse più alta del picchiettio della pioggia e del battito del suo cuore.

"*Voi.*" Gli occhi di Priscilla brillarono quando lei sollevò lo sguardo su di lui. "Non voglio nessun altro. Voi avete il possesso del mio cuore."

"Non possiedo molto altro," gridò di rimando Thad. "Questa casa è in affitto e il mio calesse–"

"Non sono innamorata di una casa o di una carrozza," rispose lei. "Sono innamorata di *voi*. Nient'altro ha importanza."

Thad cercò di contenere una pericolosa ondata emozionante di magnifica speranza.

"Parlate così adesso," osservò rassegnato lui. "Ma che mi dite del domani, o dell'anno prossimo, o del decennio successivo, quando il vostro amore muterà in risentimento perché vi ho sottratto tutte le cose che volevate di più?"

"Non c'è *nulla* che io voglia di più," disse vigorosamente Priscilla, lo sguardo al tempo stesso deciso e implorante. "Voi siete la mia prima e unica scelta. Qualunque altra cosa vorrebbe dire accontentarsi."

Thad avrebbe tanto voluto crederci. "E vostro padre?"

"Papà è qui," disse Priscilla, stringendosi nelle spalle. "Ripartirà prima del tramonto. Mi ha invitata a unirmi a lui, ma perché dovrei? Mi perderei il meglio." Lo sguardo della giovane non si allontanò mai dal suo. "La vera avventura è una vita qui con voi."

"Qui?" disse dubbioso Thad, gesticolando alle proprie spalle.

"Non importa cosa dicono le guide," rispose Priscilla, "non esiste alcuna magica utopia nascosta nella giungla. Qualunque luogo può essere un paradiso, se noi lo rendiamo tale. Per me, quel luogo è quello in cui vi trovate voi."

"Io non posso permettermi di trascorrere l'intero anno in viaggio," le ricordò Thad. Era come lei gli aveva detto fin dal principio: *voi non avete ciò di cui ho bisogno.* "E non riuscirei a vivere per sempre senza radici."

"Ho sbagliato," ammise Priscilla. "Pensavo di dover scegliere l'una o l'altra cosa. Non mi ero resa conto di poter avere una casa *e* l'avventura. Non sapevo che avrei potuto avere l'amore... e portarlo con me."

Altre finestre si spalancarono mentre la gente fissava senza ritegno in strada.

Le mani di Thad strinsero la ringhiera di ferro mentre la speranza spiccava il volo dentro di lui. "Volete una casa *e* l'avventura?"

Priscilla si voltò verso la carrozza, prese un libro dal sedile e lo sollevò con entrambe le mani sopra la testa. "Vedete questo?"

Thad non aveva bisogno di leggerne il contenuto per sapere che si trattava della prima parte della biografia che lui aveva cominciato a scrivere su di lei. La Prima Parte, prima che l'intrepida avventuriera diventasse famosa.

"Avevate ragione," esclamò Priscilla. "La storia è solo a metà. Ma la seconda parte non riguarderà me. Riguarderà *noi*. Se un'avventura non ci coinvolge entrambi, non è degna di essere vissuta."

Era come se Priscilla stesse leggendo le parole dal cuore di Thad. Lui non desiderava altro che trascorrere ogni momento dell'eternità assieme a lei.

Continuando a tenere sollevato il diario, Priscilla alzò la voce per farsi sentire da tutti. "Thaddeus Middleton, *mon chéri, gardien de mon cœur.* Volete unirvi a me in una storia d'amore scritta da noi stessi?"

La gioia lo invase. Priscilla era assolutamente sincera. Lo amava. Era *lui* l'avventura da lei scelta. *Noi. Tutti e due.* Lo stallone bianco era stato un segno, in fondo:

Loro erano gli eroi della loro storia.

CAPITOLO 16

*P*riscilla era in mezzo alla strada, le braccia sollevate a mostrare il libro.

Dopo una vita trascorsa a cercare di rimanere tra le ombre e lontana dalle lingue lunghe, stava ora provocando lo scandalo più grande della Stagione.

Aveva rubato una carrozza per mettersi a urlare dalla strada... senza scarpe, con metà dei capelli arricciati e il cuore in mano. C'era un solo uomo al quale lei non poteva permettere di allontanarsi. Non voleva sprecare un altro momento senza Thad al suo fianco.

Sempre che lui la volesse ancora.

L'uomo la stava fissando dall'alto con un doloroso miscuglio di amore, sofferenza, speranza e dubbio.

Solo in quel momento Priscilla si rese conto di aver dimenticato le parole più importanti.

Rimise il diario sotto il cuscino e sollevò gli orli della gonna, preparandosi a mettersi in ginocchio.

"Thaddeus Middleton," esordì.

Prima che potesse anche solo piegarsi, Thaddeus si lasciò cadere dal balcone e atterrò in piedi di fronte a lei con un sorriso lento e devastante.

"Aspettate," disse l'uomo, stringendola in un abbraccio. "Sono io a dovervelo chiedere."

Priscilla gli buttò le braccia al collo e strinse forte. "La mia risposta è sì."

Thaddeus le rivolse un sorriso smagliante. "Non ve l'ho ancora chiesto."

"Me lo avete chiesto ieri," gli ricordò lei. "E la risposta è sì. Sì oggi, sì domani, sì per sempre. Sono vostra, finché mi vorrete."

"Vi vorrò per sempre," disse lui, toccandole la fronte con la propria.

Sopra le loro teste risuonò un tuono e le cateratte del cielo si aprirono.

Priscilla si levò una ciocca fradicia dagli occhi e guardò la pioggia. "Magari vedremo l'arcobaleno."

"Chi ha bisogno di aspettare per quello?" rispose Thaddeus, inclinando la testa e premendo la bocca contro la sua.

Quel bacio fu diverso da tutti gli altri. Non fu timido ed esploratore, o sfrontato e avventuroso, ma dolce e sensuale. Una rivendicazione reciproca, un amoreggiare di lingue un incontro di cuori.

Non c'era nulla da dimostrare. Solo la gioia da condividere. Lei lo amava. Lui amava lei. Erano fatti l'uno per l'altra. Quello era il primo giorno dell'eternità.

Thaddeus la sollevò da terra e la mise nella carrozza.

Priscilla lo guardò stupita. "Cosa state facendo?"

"*Noi*," disse l'uomo mentre prendeva posto accanto a lei, "faremo le cose per bene."

Thaddeus gesticolò verso la porta d'ingresso di casa sua, dove le sue cameriere si erano radunate per osservare quanto stava accadendo.

Un lacchè le raggiunse di corsa. "Sì?"

"Seguici col calesse, per favore," gli ordinò Thaddeus, per poi voltarsi a dare un altro bacio a Priscilla. "Questa è la mia occasione di chiedere ufficialmente la vostra mano mentre vostro padre è ancora qui." L'uomo accarezzò il sedile di raso con palese riluttanza. "E di restituire una carrozza rubata."

Priscilla gli sorrise. "Non mi pento."

"Nemmeno io," ammise Thaddeus, ricambiando il sorriso.

Erano a metà strada verso Grosvenor Square quando lei ricordò di non avergli raccontato l'intera storia.

"Il denaro non c'è," si costrinse ad ammettere, la rabbia ancora mescolata alla sofferenza. "Non c'è nessuna eredità. Non c'è mai stata."

"Non me n'è mai importato nulla," mormorò Thaddeus, gli occhi marroni colmi solo di amore. "Tutto ciò che volevo eravate voi."

Priscilla lo prese per mano.

Lui le diede un bacio tra i capelli. "E magari delle scarpe. Sì, a pensarci bene, ho sempre voluto una moglie con le scarpe."

"È un desiderio molto specifico." Priscilla gli porse il diario. "Molto superficiale da parte vostra.

Altro che amore incondizionato. Mercoledì non porta le scarpe. Koffi non porta le scarpe."

"Nel caso vi spuntassero pelo o piume, anche voi potrete smettere di portare le scarpe," le promise Thaddeus. "In alternativa, potremmo non uscire mai dalla camera da letto. Non ho mai sentito un motivo migliore per trascurare di indossare calzature."

"Ottimo osservazione," concordò Priscilla, accoccolandosi contro il caldo fianco dell'uomo. "Accetto la vostra offerta."

Ma la camera da letto avrebbe dovuto aspettare. Quando entrarono in Grosvenor Square, il padre di Priscilla era sui gradini dell'ingresso, con un ombrello in una mano e un orologio da taschino nell'altra.

Priscilla si irrigidì, aspettandosi che la visione della palese fretta dell'uomo le rompesse di nuovo il cuore, come aveva sempre fatto.

Ma questa volta, ciò non accadde.

Suo padre non era un dio, non era un angelo dell'avventura, non era un saggio in cima a una montagna che bisognava scalare per meritare la pace.

Era solo un uomo. Un uomo con dei difetti, un uomo egoista. Questa volta, quando se ne sarebbe andato, lei non avrebbe sentito la sua mancanza.

Thaddeus scese d'un balzo dalla carrozza, quindi le tese le braccia.

Priscilla le accettò con gioia.

"Sognavo inoltre di fare un bagno caldo con mia moglie," le mormorò nell'orecchio mentre lei scivolava a terra.

Priscilla avvampò. Sì, il matrimonio sarebbe stato pieno di avventure.

"Ho sporcato la tua carrozza," disse lei a suo padre quando l'uomo non parlò.

"Priscilla…" disse infine l'uomo.

La stava guardando con un misto di divertimento e ammirazione. E forse un po' di rimpianto.

"Tieni." Papà rimise l'orologio in tasca e le tese alcune banconote. "Prendi queste. Non sono diecimila sterline, ma è tutto quello che ho in questo momento. Ti aprirò un conto corrente la prossima volta che tornerò a Londra."

Come no. Priscilla non avrebbe trattenuto il fiato nell'attesa.

Thaddeus si schiarì la voce. "Signore, vorrei–"

Ma papà stava già salendo sulla cabriolet, prendendo in mano le redini e spronando il cavallo.

"Comportatevi meglio di come ho fatto io," disse l'uomo mentre le ruote lo portavano lontano. "Non lasciate mai che lei dimentichi il vostro amore."

Thaddeus si rivolse a Priscilla con aria delusa. "Non sono riuscito a concludere la domanda."

"Tornerà tra dodici anni," gli assicurò ironicamente Priscilla. "O forse no."

Thaddeus le prese le mani e se le portò alle labbra. "Come l'avete presa?"

"A dire il vero…" Priscilla abbassò lo sguardo sulle banconote spiegazzate che aveva in mano, quindi gli rivolse un sorriso sghembo. "Non male, credo. Abbiamo del denaro! Ben dieci sterline. Vi dispiacerebbe se le spendessi per comprare delle scarpe?"

"Assolutamente no," le assicurò lui. "A proposito, potrebbe interessarvi sapere che anch'io ho del denaro."

Priscilla strinse gli occhi. "Avete trovato uno scellino in mezzo alla strada?"

"È da lì che vengono gli scellini?" rispose Thaddeus con un'occhiata di innocenza simulata. "Ho una rendita di duemila sterline all'anno. Essa non fa di me un uomo ricco, penserete voi, se deve bastare per due persone, e forse avreste ragione. Ma quello che forse *non* sapete è che ne ho sempre spese solo la metà, risparmiando il resto. Siccome ho ereditato quando avevo dodici anni e ne ho appena compiuti ventotto, il totale dovrebbe ammontare a... Santo Cielo, la matematica è così fastidiosa..."

"Voi possedete *sedicimila sterline?*" biascicò incredula Priscilla.

"Proprio così!" confermò allegramente Thaddeus. "Vi dispiacerebbe se ordinassi anch'io un paio di scarpe?"

"Ma... Thaddeus..." balbettò Priscilla. "Sapete cosa significa?"

"Significa," disse l'uomo mentre la prendeva tra le braccia, "che potremo andare in luna di miele ovunque vogliate. Potremo portare il vostro pappagallo, la mia gatta, vostra nonna, tutta la famiglia. Potremmo persino..." Thaddeus agitò le sopracciglia e le rivolse un'occhiata ammiccante. "...*bandire le scarpe.*"

"Le bandiremo subito," disse Priscilla mentre la trascinava di nuovo in strada, verso la carrozza che li attendeva. "In quanto vostra futura moglie, esigo una visita guidata della vostra camera da letto."

"Questo e altro," promise maliziosamente lui, per poi apprestarsi a dar seguito alle sue parole.

30 luglio 1818
Casa Weatherby
Grosvenor Square, Londra, Inghilterra

Priscilla buttò la testa all'indietro e rise alla vista di tutte quelle persone affollate nel salotto formale di sua nonna.

"Una festa a sorpresa?" chiese gioiosa. "Per me?"

"Buon compleanno, bestiaccia," ringhiò con affetto suo marito.

Thaddeus aveva senza dubbio giocato un ruolo importante nell'organizzazione dell'evento, ma non era stato il solo.

La nonna sedeva nella sua grande poltrona con un sorriso soddisfatto altrettanto grande.

Il salotto non era più buio, ma pieno di luce, di vita e di amore... nonché di dozzine di nuovi reperti. Non erano ancora andati in Africa, ma avevano trascorso la loro luna di miele sul Continente *en famille*, raccattando cianfrusaglie e dipinti in miniatura ovunque andassero.

Koffi non era nella sua gabbia, ma appollaiato sul bastone di una tenda. Era un'ottima posizione da cui tenere d'occhio non solo i festeggiamenti, ma anche le attività di una certa gatta bianca e nera che correva da uno stivale a una scarpetta in cerca di briciole.

Invece che sviluppare a sua volta la passione per i dolci, Mercoledì aveva scoperto che il pappagallo non riusciva a resistere al fascino di un boccone ben piazzato... il che portava la coda del volatile alla portata di una giocosa zampata.

Priscilla faticava a credere che, un tempo, aveva sperato di trascorrere il suo venticinquesimo compleanno in un viaggio di sei mesi alla ricerca di due uomini che erano diventati due sconosciuti.

Invece, era nella casa di sua nonna, circondata da tutti i suoi amici e dalle persone che amava di più.

Lei e Thaddeus avevano acquistato uno splendido cottage in campagna, con spazio più che sufficiente per la nonna di Priscilla, i due animali domestici e numerosi bambini. Nessuno sarebbe stato lasciato a casa durante le feste, ovunque andasse la famiglia.

Thaddeus la trascinò dietro a un paravento per rubare un rapido bacio. "Avete avuto tutto ciò che volevate per il vostro compleanno?"

"Voi mi avete fatto il regalo più bello sedici mesi fa," disse sorridendo Priscilla.

"Ah sì?" Thaddeus aggrottò la fronte. "Che cos'era?"

Priscilla lo circondò con le braccia e mormorò: "Mi avete regalato un lieto fine."

Il bacio che lui le diede in risposta dimostrò che quello non era che l'inizio.

FINE

~

Ti piacerebbe sapere quando altri libri sono pubblicati in italiano?

Iscriviti qui per una storia gratis:
http://smarturl.it/EricaRidleyItaliano

~

INNAMORATEVI DEI DUCHI!

Amate il romance? Ecco come godere di contenuti esclusivi, giveaway e altre belle cose:

Iscrivetevi a <u>smarturl.it/EricaRidleyItaliano</u> per ricevere omaggi riservati ai membri e altro ancora!

Nell'ordine, i libri che compongono la serie "I Duchi Malandrini" sono:

Una notte di seduzione
Una notte di abbandono
Una notte di passione
Una notte di scandalo
Una notte da ricordare
Una notte di tentazione

Nell'ordine, i libri che compongono la serie "I Duchi di Natale" sono:

C'era una volta un duca
Profumo di duca
Il duca tra le stelle
Mai dire duca

Duchi, in verità
La sposa del duca
L'abbraccio del duca
Il desiderio del duca
All'alba con un duca
Una notte con un duca
Dieci giorni con un duca
Per sempre il vostro duca

Nell'ordine, i libri che compongono la serie "Dalle Stalle alle Stelle" sono:

Il signore della fortuna
Il signore del piacere
Il signore della notte
Il signore della tentazione
Il signore dei segreti
Il signore del vizio

Nell'ordine, i libri che compongono la serie dei "Duchi di Guerra" sono:

Il visconte irresistibile
Il conte proibito
Il capitano irraggiungibile
Il maggiore incantevole
Il generale innamorato
Il pirata ammaliatore
Il duca sbagliato

Erica Ridley è autrice di romance storici apparsi sulle liste dei best-seller del *New York Times* e di *USA Today*.

Nella sua nuova serie di romanzi storici "Dalle Stalle alle Stelle", la storia di Cenerentola non vale solo per le principesse... Briganti Regency dietro cui sospirare trascinano giovani volitive in rocambolesche storie di riscatto stracolme di avventura.

La famosa serie "Duchi di Guerra" vede come protagonisti nobili canaglie e valorosi eroi di guerra che, di ritorno dalla battaglia, si ritrovano catapultati nello splendore e nella follia dell'Inghilterra nell'Età della Reggenza.

Quando non sta leggendo o scrivendo romance, Erica si può trovare a cavalcare cammelli in Africa, a fare *zip-lining* attraverso le foreste pluviali dell'America Centrale, o persa nei meandri di Budapest.

Diventiamo amici! Potete trovare Erica a:

www.EricaRidley.com/italiano

RICONOSCIMENTI

Come sempre, non avrei potuto scrivere questo libro senza il sostegno inestimabile della mia partner di critica, dei miei beta reader e della mia copy editor. Porgo grandi ringraziamenti a Darcy Burke, Erica Monroe, Tracy Emro, e a Ernesto Pavan per la sua traduzione. Siete fantastiche!

Infine, voglio ringraziare il gruppo Facebook de *Historical Romance Book Club* e tutti i lettori. Il vostro entusiasmo è fondamentale.

Grazie mille!

NOTE

CAPITOLO 6

1. "Koffi" suona molto simile all'inglese "coffee", cioè "caffè"; da qui la battuta (ndt).

www.ingramcontent.com/pod-product-compliance
Lightning Source LLC
Chambersburg PA
CBHW020813190726
48285CB00006B/2267